Meu antigo Cavalheiro

Roberta Meschede

amor além dos tempos

Livro 1

Meu antigo Cavalheiro

Roberta Meschede

amor além dos tempos

Livro 1

PandorgA
NACIONAL

2018

Todos os direitos reservados

Copyright © 2018 by Editora Pandorga

Direção Editorial
Silvia Vasconcelos
Produção Editorial
Equipe Editora Pandorga
Preparação e Revisão
Martinha Fagundes (CS Edições)
Projeto Gráfico e Diagramação
Cristiane Saavedra
Capa
Gisely Fernandes (CS Edições)

Texto de acordo com as normas do Novo Acordo Ortográfico da Língua Portuguesa
(Decreto Legislativo nº 54, de 1995)

Dados Internacionais de Catalogação na Publicação (CIP)
Bibliotecária responsável: Aline Graziele Benitez CRB-1/3129

M14m 1.ed.	Meschede, Roberta. Meu antigo cavalheiro / Roberta Meschede. – 1.ed. – São Paulo: Pandorga, 2018. 176 p.; 16 x 23 cm. ISBN: 978-85-8442-350-7 Literatura brasileira. 2. Romance. 3. Romance de época.
I. Título	
	CDD 869.93

Índice para catálogo sistemático:
1. Literatura brasileira: romance

2018
IMPRESSO NO BRASIL
PRINTED IN BRAZIL
DIREITOS CEDIDOS PARA ESTA EDIÇÃO À
EDITORA PANDORGA
AVENIDA SÃO CAMILO, 899
CEP 06709-150 – GRANJA VIANA – COTIA – SP
TEL. (11) 4612-6404
WWW.EDITORAPANDORGA.COM.BR

À minha família.

PRÓLOGO

Macao, Agosto de 1841.

À Vossa Graça, o Conde de Gloucester.

Meu caríssimo irmão Alexander,

Anseio que esta carta lhe encontre em boa saúde e a todos os Harrisons. Temo anunciar que fui um dos feridos em meio a esta guerra de imposição britânica. Mas, o que são centenas de vítimas inglesas, comparado a milhares do lado oposto? É um tanto contraditório de minha parte este comentário, mas valho-me no direito de opinar sobre o sufocante ambiente de guerra. Sinto que em breve, considerando tamanha vantagem militar inglesa sobre a chinesa, esta guerra findará. Diante de tudo o que hei visto, não sei quem dominará a glória. Julgo que o triunfo será inglês, embora não acredite mais que a conquista militar seja vantajosa para a imagem de nosso país perante o mundo. Não nesta causa. As dores causadas na guerra são irreparáveis e temo que Deus não há de perdoar-me pelas atrocidades cometidas sob meu comando. Retifico-me, estou certo disto.

Queira desculpar-me pelas queixas demasiadas e por não lhe deixar ciente de minha saúde anteriormente. É fato que estive desfalecido por determinado tempo e certamente deveria estar consciente de que dia é hoje. Perdoe-me pelo lapso. Fui atingido na lateral da cabeça e era-me esperado que não estivesse mais em vida. Contudo, não há mais ameaça e não lhes é necessário aflição ou angústia. Não obstante, Capitão Elliot ordenou meu retorno, e declarou que meus serviços à pátria nesta guerra foram concluídos. Diante do que me foi imposto, informo-lhe que dentro em breve retornarei a Londres. Temo que diante da falta de oferta militar, que é o ofício a que fui designado, não me restam muitas opções na sociedade londrina. Medalhas e condecorações serão recebidas por mim, todavia não da forma que supunha anteriormente. Temo que diante de tantas mudanças não me considero mais o mesmo e por vezes não me reconheço mais. Perdoe-me novamente por tamanha lástima vinda de minha posição.

Retornarei em dezembro.

Seu aficionado amigo e irmão,

Capitão da Marinha Real

Sir Richard Thomas Harrison

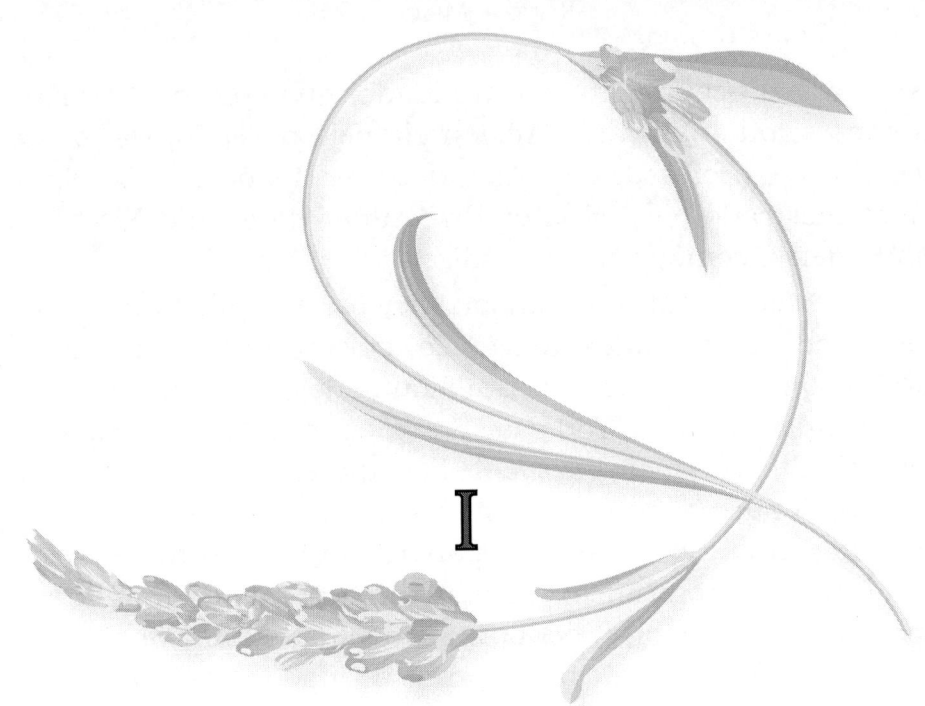

I

Londres, Maio de 2018.

Era de se esperar que Alice Robinson, filha de Jack e Anita Robinson fosse a mais esnobe e sociável mulher da universidade onde estudou e atualmente trabalha. Dona de um corpo exuberante, herança de sua família materna, e de pele delicada e alva, herdada do lado paterno inglês, Alice sempre se destacou de um jeito abrasador aos olhos masculinos. Já aos olhos femininos, era vista com relutância e aversão. Sua inteligência e perspicácia despertaram no corpo docente a ânsia em vê-la como destaque acadêmico. Assim ela se propôs e o fez, porém, de forma discreta e sutil e não popular, como lhe era esperado. Mulher de poucas palavras, mas bastante objetiva, ficou conhecida no meio acadêmico como a Bela Mente Solitária. Quem quer que se aproximasse dela acabava por se cansar dos assuntos discutidos. Alice o fazia de forma proposital, adentrando em fatos do século XIX, com os quais afastava as pessoas de si, e o fazia com tanta naturalidade, que com o passar do tempo virou sua rotina. Aficionada pelo passado, tornou-se escritora e professora da Faculdade de História de Londres, com mestrado em "Direitos da Mulher do século XIX"ou a falta deles, como costumava dizer.

Seu irmão Max Robinson, físico cientista, também foi agraciado com vasta inteligência, garantindo assim que os Robinsons perpetuassem esta faculdade de sua genética em mais uma geração. Todavia, era o oposto de Alice na vida social. Alto e atlético, gozava de boa aparência e facilidade em se relacionar. Se autointitulou responsável por Alice quando da repentina morte de seus pais em um acidente de carro. Sua mãe morrera imediatamente ao acidente enquanto seu pai, no leito de morte, confiou a Max suas últimas palavras. Max ainda era jovem, com 20 anos de idade, enquanto Alice, cinco anos mais nova viu em seu irmão a única fonte de esperança na vida.

Dez anos depois, o jovem casal de irmãos aparentava ter obtido sucesso, mesmo com a escassez de suporte e afeto usuais em um convívio familiar. O amor fraternal os desenvolveu e os suportou como fonte para a vida. Entretanto, Max sabia que algo perturbava sua irmã. Desde a morte prematura dos pais, e o fim de seu relacionamento com o único namorado, Aron, Alice se tornara solitária e nutria em si uma aversão às pessoas. E mesmo sendo um irmão presente e protetor, já sugerira algumas vezes que procurasse outras companhias. A resposta era sempre a mesma: "Perda de tempo, irmão. Estou concentrada em minha carreira". Max era a única pessoa que fazia com que Alice se interessasse por outras coisas além de ler, trabalhar e correr. Por isso, fazia questão de manter suas partidas de tênis com a irmã, o único esporte que ela praticava com interação de alguém.

Alice tinha o olhar opaco, não havia mais o brilho que lhe era comum e seu sorriso era raro e frágil. Max sabia que algo lhe passara despercebido e não importava o quanto lhe perguntasse, ela sempre fugia pela tangente. E agora, que estava prestes a pôr em prática a invenção de seu pai, estava ainda mais preocupado com ela diante da possibilidade de se ausentar e por isso precisava contar com seu melhor amigo, Benjamin.

"Ben, preciso de você." Fora a mensagem enviada por celular.

Em cinco minutos o amigo, vizinho de porta se postava ao seu lado. Amigos desde anos atrás, Benjamin era médico e também seguia a carreira científica, trabalhando em alguns projetos com Max. Sempre fora apaixonado por Alice e por vezes até incentivado por Max, em desespero, que se aproximasse dela. Porém, ela só o via como amigo de seu irmão, nunca como um homem que pudesse fazê-la feliz.

— Ben, falemos enquanto Alice está ausente. Chegou o momento de pôr em prática o projeto de meu pai.

— Do que está falando, Max? Chamou-me para isso? Você nunca de fato acreditou, não é?

— Não é uma questão de acreditar, Ben. É real. Já falei a você como funciona a câmara do tempo. Você é bastante racional e lhe demonstrei como é possível.

— Demonstrações em papéis e na física nem sempre são fatos. Não há provas que me convençam. As pessoas o chamariam de louco, Max.

— E é por essa e outras razões que isto é um segredo. Sabe que é necessário manter sigilo. É uma operação perigosa e somente você e eu podemos saber disto. Você terá a prova de que precisa. É o trabalho de uma vida, Ben. E a vida de meu pai. E se cair em mãos erradas, as consequências podem ser catastróficas. Posso confiar em você, não é?

— Claro, Max. Mas de que forma você testará esta en... engenhoca? — Benjamin gaguejou apontando para a máquina — Vai enviar algum animal e trazê-lo de volta?

— Pare com isso, Ben. É preciso inteligência para retornar. E de toda forma, não é a câmara que nos leva e sim os raios de energia. A câmara somente protege nosso corpo de qualquer centelha de feixe de energia.

— Estou me sentindo em um filme de ficção. O que sugere, Max?

— Eu irei ao passado.

— Isto é loucura! — Benjamin cruzou os braços, claramente em desacordo com o que acabara de ouvir. — E quanto a Alice? Ela sabe disso? Sabe que ela precisa de você.

— Vejo que meu poder de argumentação melhorou e que você já acredita em mim. Agora preciso provar meu alto poder de convencimento. Você deve me prometer que se algo me acontecer, cuidará de Alice.

— Max, esta é uma conversa ridícula. Mesmo que isso tudo tenha êxito — Benjamin apontou para a máquina —, não estou certo de que seja prudente.

— Ben, confie em mim. Dará certo. Fui bem orientado pelo meu pai. Voltaremos ao século XIX. Você só precisará me ajudar em minha ida, e proteger Alice.

Ben calou-se. Max já havia tomado sua decisão. Mas enquanto os dois conversavam sobre as técnicas e maquinário necessários para viajar ao passado, Alice estava à espreita no corredor escuro acompanhando a discussão. E com um ato intempestivo, ela explodiu sala adentro.

— Como ousa me deixar de fora do maior feito de meu pai?

Max e Ben se puseram de pé subitamente, enquanto Alice adentrava a sala com fúria e cuspindo as palavras.

— Alice, o que você ouviu?

— Max, eu ouvi tudo. Não adianta me privar de qualquer detalhe e nem pense em me deixar fora disso.

— Droga, Alice! Não sabemos o que esperar. Pode ser perigoso. Preciso deixá-la fora disto.

— "Pode ser perigoso"? Como ousa falar em perigo? E se algo acontecer a você? Acha que me deixando com Ben vou ficar bem?

Benjamin, que acompanhava a discussão, calado, como se estivesse assistindo a uma partida de tênis, arqueou as sobrancelhas quando seu nome foi citado, e em instinto se viu obrigado a falar:

— Alice, acalme-se. O que quer que aconteça, você pode confiar em mim.

Alice, que fitou Ben de forma exasperada, logo se arrependeu quando viu em seus olhos o desconforto que lhe assolava.

— Desculpe, Ben, eu sei que posso confiar em você, mas não é disso que se trata e sim do risco da ausência de meu irmão em minha vida.

Alice retomou seu olhar ao irmão e então proferiu as palavras que Max não queria ouvir:

— Max, eu preciso de você.

Mas Max estava furioso e dividido.

— Alice, um dia você deverá viver a sua vida e eu a minha. Já somos adultos!

Não era o que Alice esperava ouvir, mas não podia deixar sua tristeza ou qualquer outra emoção dominarem o assunto. Ela tinha de ser sutil e inteligente. E ao recordar a conversa entre seu irmão e Benjamin, ela teve um lampejo que poderia fazê-lo mudar de ideia.

— Max, pense bem. Você pode precisar de ajuda. Você disse que pretende voltar ao século XIX e tem parcos conhecimentos sobre esta época. Sabe que posso ajudá-lo. E ter a companhia de uma dama, como sua irmã, certamente será visto com mais respeito. Além disso, será uma ótima oportunidade para minha tese de doutorado. Nada melhor do que ver e sentir o que hoje só vejo nos livros de história. Você não me negaria isso, não é?

Mas nada do que Alice falasse faria sentido para Max. Ele sabia que não haveria risco físico para ninguém, mas era o que devia dizer a ela para tentar persuadi-la a ficar. Mas isso não bastava para ela, e ele deveria saber. Para surpresa de todos, Benjamin tomou a frente da discussão.

— Alice, você nos deixaria a sós um instante?

— Benjamin Clark, não ouse... — Mas Benjamin a fulminou com o olhar e levantou a mão pedindo que parasse. Foi o suficiente para Alice se privar de seu comentário.

— Não vão me deixar fora disso. — O ar de fúria tornou a brilhar em seus olhos. Quando ela se afastou, Max fitou Benjamin na ânsia de entender o que ele pretendia.

— Max, você não conseguirá deixá-la fora disso. E pense bem, se você afirma que não há perigo, se confia nisso, não há razão para deixá-la alheia a esta experiência. Não acha que sair desta realidade poderá, de certa forma, ajudá-la a viver melhor? Considere isso como férias para ela.

— Ben, você sabe que já a levei para toda a Europa, EUA e até para o Brasil, e isso em nada ajudou em sua vida solitária.

— Acho que é diferente!

— Chega, Ben! — Max esmurrou a parede.

Ele sabia que estava prestes a tomar a decisão mais difícil de sua vida. E sabia que mais do que tudo, Alice merecia e deveria fazer parte do feito de seu pai. Quando ela retornou à sala, Benjamin a fitou de forma solícita e ela entendeu que Max estava prestes a ceder. Ela sorriu para Benjamin em retorno, como nunca o havia feito antes e aproximou-se de Max, que estava de costas para eles. Ela tocou seu ombro e ele se virou. Seus olhos apreensivos alcançaram os dele, agora límpidos e calmos.

— Vocês venceram. Precisamos nos preparar. Partiremos em Julho.

Com um grito abafado do fundo de sua garganta, Alice abraçou seu irmão com euforia.

— Obrigada, irmão! — E então o agraciou com um beijo terno no rosto, e pôs fim à discussão.

II

Alice não era tola e sabia que Max trabalhava no projeto de seu pai. Só não entendia como ele podia ter tanta convicção de que daria certo, e por que tinha Benjamin como confidente e não ela. Seu pai sempre foi muito discreto sobre o assunto, mas um ano antes de sua morte, ele confiou o seu segredo a ela. Ou melhor, parte dele. Max já tinha conhecimento há mais tempo e passou boa parte de sua adolescência aprendendo e dedicando-se aos trabalhos do pai.

Alice confiava em seu pai e em seu irmão. Por isso, se Max supunha que não era de grande valia o seu auxílio com os detalhes técnicos, ela se conteve em aperfeiçoar o conhecimento da época em que iriam se aventurar.

Logo após a decisão de sua participação na viagem, começaram os preparativos para a aventura. Muitos detalhes deviam ser pensados e planejados. Primeiro foi decidido o ano que iriam visitar. E apesar de Alice preferir a virada do século XIX para o XX, Max foi imperativo e decidiu pelo ano de 1845.

Após a decisão, uma hora do dia era dedicada à leitura de história do período em que iriam se aventurar. Alice há muito conhecia sobre a época, os costumes, e os fatos ocorridos no passado. Porém, sabia que teria dificuldades com a formalidade em se expressar, e com os modos como uma dama da época deveria se portar. Sabia que para Max seria mais fácil, como era para os homens em geral. O que quer que os homens de posses ou títulos fizessem antigamente, mesmo por mais absurdo que fosse, era relevado pela sociedade. Já as mulheres... bem, ela sabia muito bem que teria que se esforçar demasiadamente para parecer com uma jovem da época. Não sabia dançar, pintar, cantar e possuía parcas habilidades de costura. Sabia tocar piano, uma exigência de seu pai quando era mais nova, porém um hábito logo esquecido após sua morte. Música era algo que havia sido abolido de sua vida. Mas nada disso teria importância, bastaria ter discrição, que ninguém a notaria, e discrição era algo com que já estava habituada a conviver. O mês escolhido para adentrar ao passado foi abril de 1845, e o retorno seria em agosto do mesmo ano. Eram poucos meses. Max já tinha um plano, mas quando Alice se interessava pelas minúcias, ele era resoluto em não deixá-la interferir no que já havia previamente moldado. Mas ela estava satisfeita com o que lhe restava.

— Alice, deixo sob sua responsabilidade as vestimentas da viagem. E cuide para que se comporte como uma dama da época. Você mais que ninguém sabe que as mulheres não possuíam os direitos que possuem hoje.

— Max, você já está me tratando como uma dama da época. Gostaria que confiasse mais em mim para que pudesse ser mais útil em seu planejamento técnico.

— Acredite, estou fazendo o que é certo deixando-a fora disto.

— O que levaremos para lá?

— Poucas coisas. Leve o que entende ser fundamental para quatro meses. E levaremos dinheiro suficiente para nos mantermos por no mínimo um ano.

— Um ano? Mas disse que ficaríamos quatro meses.

— Levaremos mais dinheiro, por precaução. Não foi fácil conseguir as notas do tesouro, no entanto, tenho minhas fontes.

— Onde vamos dormir?

— Procuraremos uma pessoa que irá nos ajudar.

— Como tem tanta certeza de que receberemos ajuda?

— Eu simplesmente sei. Chega de falatório, Alice.

— Por que está tão aborrecido? Por que simplesmente não aceita o fato de eu ir com você?

— Porque não queria que fosse comigo!

— Não vou atrapalhá-lo em sabe lá o que você estiver planejando. Fale-me um pouco mais, por favor.

— Vamos procurar esta pessoa, e ele nos dará abrigo. Depois vamos alugar um local para ficarmos até o momento de retornarmos. Contrataremos alguns empregados locais para nos servirem. Teremos de ser discretos e manter as aparências. Não teremos dificuldades com isto, certo?

— Certamente eu pareço ter muito mais discrição do que você.

Somente agora Max se dera conta de que Alice lhe aparentava empolgação por algo que há muito não o fazia. E isso lhe garantiu que era o certo a se fazer.

— Max, que tipo de gente iremos encontrar? Membros da alta aristocracia, classe média ou baixa?

— Todos.

— Seria possível ser um pouco mais específico?

— Considerando que nosso anfitrião será um conde, creio que teremos mais contato com a alta aristocracia.

— Um Conde? Por que não me disse antes?

— Porque você não iria comigo, lembra?

— Céus! Preciso me preparar e aprender as futilidades com que as damas da época se entretinham?

— Você quer vivenciar o passado ou não? — Max demonstrava que novamente perderia a paciência.

— Claro. Tudo bem, vou fazer algumas aulas de dança de salão. Quem sabe aprendo um pouco de valsa. Suponho que não queira me acompanhar nas aulas. — Max a olhou de forma petulante e irônica — Ok! Já imaginava. Aposto que Ben me acompanhará — finalizou.

— Não imagino nada que Ben não faria por você.

— Não entendi o tom de ironia.

— Entendeu sim. Ele é apaixonado por você, e sabe bem disso.

— Não lhe dou incentivo. Além disso, ele é seu amigo.

— Não me importo, faria gosto se ficassem juntos.

— Pare! Sabe que não o vejo desta forma.

— O que há com você afinal? Você é linda. Uma das mulheres mais bonitas que conheço. Por que não se interessa por ninguém? O que houve com Aron?

Era algo sobre o quê definitivamente Alice não queria falar. E Max logo se retraiu com o olhar furioso que ela lançou sobre ele.

— Não acho que minha vida amorosa seja assunto sobre o qual devamos falar. E você, por que não tem uma namorada também?

— Porque não gosto de ter só uma. Por isso tenho várias — Max lhe retribuiu com humor.

— Argh!

Alice saiu a passos largos e duros do laboratório de seu irmão na intenção de procurar Benjamin, que obviamente lhe cedeu seu tempo para as aulas de dança de salão como Max previra.

Os meses se passaram até que finalmente estava tudo preparado. Max e Benjamin aguardavam Alice terminar de se arrumar no quarto, enquanto discutiam o que Benjamin deveria fazer.

— Veja, Ben. Entraremos na câmara. Quando estiver pronto, eu sinalizarei a você e então você pressionará este botão — Max segurava uma haste como um cetro, e explicava como o misterioso objeto seria o responsável pela viagem — dentro dele há um composto químico, responsável por acionar os raios que deverão ser direcionados à câmara. Neste ponto em específico. — Max apontou para o centro da câmara onde havia um círculo e um estranho compartimento que fazia conexão com o interior do espaço, conectado ao outro cetro. — Em seguida você verá feixes de energia por meio desta fonte. Este raio acionará o outro cetro. A máquina sofrerá uma fricção com a aceleração das partículas, e estará feito. Acha que consegue fazer isto?

— Sim. E o que haverá depois?

— Você verá a câmara desaparecer. Enquanto isso nós estaremos cruzando a linha do tempo na velocidade da luz. Veja este marcador. — Max apontou para algo que se assemelhava a um relógio, onde a data pretendida já estava programada. — Considerando a curva do tempo, conseguimos programar para a época desejava. Além deste cetro, você já sabe que tenho mais dois dentro do cofre do meu laboratório. Você já tem o segredo. Caso não voltemos em até cinco horas a partir de agora, monte uma nova câmara e envie dois cetros nela para vinte de agosto de 1845. Você já sabe como montá-la, tenho os equipamentos no laboratório. Se você tiver de fazer isto, significa que algo deu errado e ainda teremos uma chance de retornar com dois novos cetros. Está ciente deste detalhe importante, não é?

— Claro! Não se preocupe. Que composto você utilizou no cetro? E como retornarão de lá se precisa de alguém para lhes enviar?

— Não se preocupe com o composto, é seguro. Alguém irá nos ajudar. Ademais, tenho mais dois dispositivos reserva dentro da câmara.

Em meio à discussão Alice irrompeu na sala de forma abrupta.

— Que tal? — E desfilou pelo aposento.

Alice fitou Benjamin, que estava literalmente de queixo caído. E antes que olhasse para seu irmão, deu uma voltinha piscando desenfreadamente seus cílios longos e fartos, com um sorriso travesso nos lábios.

— Alice, você parece ter saído de um filme. Está linda! — disse Benjamin.

— Estou encantada com sua gentileza, senhor Clark.

Ela fez uma reverência, sorrindo, obviamente encenando. Benjamin não tirou os olhos de Alice, enquanto ela se posicionava em frente a seu irmão e instintivamente pôs uma das mãos na boca para conter uma risada. Max de imediato fechou o cenho.

— Desculpe, meu irmão, está muito elegante e a sua roupa teve um ótimo caimento. Claro que a costureira achava que se tratava de uma festa à fantasia quando eu lhe disse que era necessário um lenço para seu pescoço e uma cartola. Tem sorte que a moda masculina em 1845 não era mais adepta àquelas calças apertadinhas.

As gargalhadas foram intensas e geraram eco no laboratório de Max.

— E você com este traje de dama está muito elegante. Poderei conter o meu ciúme com os olhares masculinos, ou melhor, com a falta deles, considerando que com estas roupas suas curvas estarão protegidas, e terei um pouco de sossego.

— Nunca me disse que era ciumento. — E sorriu.

— Não sou porque você facilita minha vida e põe os homens para correr antes que eu use minhas habilidades másculas. Mas isso não impede de me incomodar quando vejo a reação deles assim que põem os olhos em você.

— Bem, então você pode sossegar que com estas roupas estaremos mais seguros de sua possível demonstração de masculinidade — Alice grunhiu contendo uma gargalhada.

— Embora eu discorde de ambos...

E os olhos de Max e Alice se voltaram para Benjamin que apreciava Alice desde que esta entrou no aposento. Max deu uma gargalhada e Alice o fitou com incredulidade. Ela olhou novamente para seu vestido. Era verde água com mangas curtas, justo na cintura e levemente armado na saia, de um tecido leve até os pés. Usava um xale simples, luvas curtas e um chapéu com fitas finas no tom do vestido. Amarrada e pendurada a seu punho esquerdo com delicadas fitas de cetim brancas, uma pequena bolsa em forma de sachê incrementava o visual de Alice.

Era manhã de domingo. Já haviam escolhido um lugar, na própria universidade, e Max lhes garantiu que o prédio estaria vazio quando adentrassem no passado e ninguém os descobriria. Max obviamente não seria tolo de pecar neste detalhe. Como ambos tinham acesso livre à universidade, eles entraram com o cartão de acesso de Max sem serem abordados ou perturbados. A câmara havia sido desmontada para evitar suspeitas e estava oculta com a lona da *pick-up* de Max. Ela ainda precisaria ser montada, o que duraria cerca de meia hora.

Benjamin parecia assustado, mas bastante atento, e logo foi interceptado por Max com mais algumas instruções. Alice e Max o abraçaram, e ele os desejou boa viagem.

Enquanto Max lacrava a câmara em vários pontos, Alice fazia uma inspeção atentamente. Ainda não tivera oportunidade de analisá-la por dentro. Havia quatro lugares e Alice não segurou a língua em sua ironia.

— Quem pretendia levar para ocupar os quatro assentos, irmãozinho? Que eu saiba não temos cachorro nem macacos.

— Pergunte a papai quando chegar aos céus. Não foi obra minha, lembra?

Max pressionou um botão da câmara, dando o sinal para Benjamin. Alice sentiu um forte impulso contra a cadeira, imediatamente parou de falar, e antes que pudesse pensar ou olhar para Max, as luzes internas da pequena cabine da câmara desligaram-se.

— Ué, deu alguma coisa errada?

— Chegamos!

— Como assim "chegamos"? Só senti um solavanco.

— Vamos!

III

Quando saíram da câmara, Max e Alice pareciam perplexos. Max grunhiu ao olhar em volta, mas logo se concentrou puxando uma manta larga e espessa para cobrir a engenhoca. Alice se concentrou no que viu ao seu redor. Aquela sala não parecia ser diferente da que estavam há minutos atrás, excepcionalmente pelo excesso de móveis que contrastavam com a sala vazia que viam agora. Estavam na mesma universidade, mas era inacreditável. Apesar de tamanha ansiedade, no fundo Alice suspeitava de que talvez a viagem não desse certo, e que tudo não passava de uma loucura. Mas lá estava ela. Inconscientemente elevou seus braços, mirando-os e fitando seu corpo na esperança de que tudo estivesse em seu devido lugar. E estava. Era impressionante. Ela se voltou para Max, e quando ia mencionar sua surpresa, ele a segurou com agilidade cerrando sua mão com firmeza.

— Vamos embora daqui. Precisamos ser ágeis e encontrar o Conde de Gloucester. Pelos meus cálculos, ele deve estar em sua casa, onde mora sua mãe aqui em Londres. Eu tenho o endereço, mas vamos precisar caminhar um pouco.

— Calma, aja com naturalidade. Se sairmos daqui com você me segurando desta forma, certamente vão achar que está violando uma donzela.

As risadas ecoaram pela sala.

— Vejo que estudou o necessário. Tem razão. Estou um pouco nervoso. Você tem ideia do que acabamos de fazer? Você e eu! — Suas mãos deslizaram por seu cabelo curto em sinal de surpresa pelo feito que acabaram de exercer.

— Tudo bem, vamos embora daqui antes que você tenha um infarto e eu fique presa no passado. A propósito, não ouse sumir ou morrer enquanto estivermos aqui, você não me deu opções para aprender a usar aquela haste que chama de cetro.

— Vamos.

Era manhã de domingo. Enquanto caminhavam pelas ruas de Londres, Max seguia ereto e demonstrando fortes indícios de nervosismo. Já Alice, caminhava atenta percorrendo seus olhos pelas construções ao seu redor, a rua, as carruagens, cavalos, e as pessoas que ali passavam. Parecia uma bagunça. Diante de tamanha euforia, não pôde deixar de notar algumas pessoas fitando-os de forma curiosa. Alice instantaneamente atentou para suas roupas e para as de Max e as comparou com as das pessoas que transitavam pela calçada.

— Está tudo certo com as roupas, Alice. Certamente seu olhar de perplexidade está causando curiosidade nas pessoas. Aja naturalmente, como se vivesse aqui.

— De fato, eu vivo. — E deixou escapar um sorriso. — Mas em outra época, lembra?

— Não é hora para brincadeiras.

— Ok! Vou tentar parecer natural diante da loucura que estamos vivendo. Por que haveria de ficar perturbada? Só fizemos uma viagem no tempo e voltamos a 1845, que natural.

— Ssshhh...! Fale baixo. Se soubesse que surtaria, seria mais um motivo para não ter vindo.

— Não estou surtando, Max!

— Sssshhh...

— Ok, ok... — Alice respirou fundo para afastar a inquietude que lhe assomava e voltou a atenção para as pessoas à sua volta. As mulheres eram bastante elegantes e os homens gentis. Cruzaram com um casal. O braço direito da senhora segurava o de seu acompanhante, e com o outro carregava um livro espesso, ao que lhe lembrou uma Bíblia. Mais adiante viu um garoto, que deveria estar sem tomar banho há semanas, correndo em disparada com um balde de fuligem em uma das mãos. O corpo frágil deu a Alice a impressão de que estaria desnutrido.

— Max, estamos caminhando há aproximadamente quinze minutos. Onde exatamente estamos indo?

— A Mayfair. Ainda temos mais uns quinze minutos de caminhada.

Mas aquilo não era problema para Alice. Quanto mais se aproximavam de Mayfair, ela notava a mudança no ambiente. Casas suntuosas e jardins primorosos. Sabia que ali vivia a alta aristocracia de Londres. Quando enfim chegaram ao endereço procurado, Alice se deu conta do que estavam fazendo. Ela fitou o irmão que lhe encarou em retorno. Ambos pareciam preocupados. Alice subiu os olhos à fachada. Uma casa vistosa de três andares com cinco estátuas no topo, grandes janelas de vidro em arco e um imenso jardim que começava na entrada da casa e seguia pela lateral, provavelmente se estendendo até os fundos, onde não conseguiam alcançar os olhares.

— Uau! O que é este prédio hoje em dia? Ou melhor, no futuro? — perguntou Alice impressionada.

— Ainda a casa da família. Foi arrendada para um barão. É aberta à visitação o ano inteiro, exceto nos meses de janeiro e agosto, quando o barão a utiliza para eventos da alta sociedade.

— Como você sabe disso e eu não?

— Eu sabia exatamente o que procurar!

Enquanto discutiam em frente à casa, Alice notou que Max e ela suavam. Esfregou a testa com suas luvas, secando o suor que lhe incomodava, enquanto Max imediatamente tirou o lenço do bolso e o ofertou a Alice.

— Estou vendo que está se tornando um cavalheiro, senhor Robinson.

Porém, antes que Max pudesse lhe responder, a porta da casa foi aberta. Os dois se entreolharam e avançaram. Havia um homem de porte franzino, diminuto, com o cenho sério e polido, fitando-os com uma discreta surpresa. Max tomou a frente e Alice cruzou os dedos em expectativa.

Dentro da casa, sentados à mesa saboreando a primeira refeição do dia estava a família Harrison. A matriarca, Lady Harrison sentada à cabeceira da mesa apreciava a família ao seu redor. Uma mulher baixa, magra e de cabelos negros com salpicos grisalhos. Aparentava fraqueza, mas sua força interior a dominava. Era calma e paciente, e extremamente respeitada na sociedade londrina. Deus só lhe dera quatro filhos. O mais velho, Alexander, agora Conde de Gloucester, sempre fora próximo ao pai, quando em vida. Um homem forte, assim como sua posição lhe exigira. Seu segundo filho, Richard... bem, a Richard ela não sabia como descrevê-lo mais. Sabia que havia duas descrições: uma antes da guerra e outra após a guerra. E infelizmente a pós-guerra não lhe era nada agradável. Emily, a mais discreta e delicada de suas filhas, puxara a ela. Estava noiva e dentro de meses se casaria com um dos homens mais ricos de Londres. E Emma, impulsiva, curiosa e teimosa, como o pai. Ainda muito jovem, em sua primeira temporada na sociedade, já arrancava suspiros de muitos nobres cavalheiros. Ganhara mais uma filha com o casamento de Alexander. Olivia, sua linda esposa que lhe era querida e que possuía os cabelos mais claros e belos que uma dama poderia ter. Enquanto saboreava o delicioso banquete preparado por seus criados em suas porcelanas finas e faqueiro de prata, Lady Harrison só tinha um objetivo na vida, ajudar seus filhos a encontrarem a felicidade. Parecia-lhe que a melhor forma de fazê-lo era casando-os. Olhando fixamente para Richard, sentiu um aperto no peito ao notar a carranca que não lhe saía mais do rosto. Havia quatro anos que retornara da guerra, mas ele não tencionava mudança, e isso a corroía por dentro. Mesmo em sua incessante busca de uma noiva adequada para seu filho, ele fugia de todas as damas que ela lhe sugeria. Parecia que beber e viver em bordéis eram seu único refúgio. O único a quem ele ouvia era Alexander, mas mesmo ele não fora capaz de suavizar as dores que lhe atormentavam.

Enquanto todos se refestelavam com costeletas assadas, torta de pombo e salmão defumado, Lady Harrison cortou o silêncio.

— Todos os convites foram enviados e os principais convidados confirmaram presença. Estou certa de que toda a sociedade londrina estará presente em meu aniversário hoje.

E este comentário bastou para que as damas começassem a falar ao mesmo tempo. Emma se uniu em uma conversa com Emily e Olivia acerca de seus trajes, enquanto Alexander fitou Richard que estava saboreando sua refeição com pão branco.

— Richard, estou certo de que em uma semana estaremos prontos para ir a Gloucester. Chegou o momento de lhe entregar sua propriedade.

Richard não aceitava que Alexander lhe desse uma de suas propriedades. Sabia que as propriedades de seu pai deveriam ser dadas ao filho mais velho, que era Alexander. Mas desde que nasceu, seu pai dividiu sua principal propriedade em Gloucester em duas, determinando aos filhos que cada um tomasse sua parte. Mas Richard nunca compreendeu este desejo e sempre questionou esta decisão contrária às leis e aos costumes. Em um tom descortês, Richard lhe lançou:

— Alexander, está há quatro anos tentando me entregar uma propriedade que é sua. Não lhe parece errado privar o direito de sua família da posse de seus bens?

— Sabe que foi um pedido de nosso pai. E eu respeito. Ademais, são duas propriedades, e com dois negócios distintos. E somado às minhas obrigações na Câmara dos Lordes, é claro que é totalmente plausível que você assuma sua parte agora. Ademais, estou em vantagem, já escolhi com qual das propriedades ficar.

— Isto é inconcebível! — Richard bradou envergonhado pela situação.

— Richard, seu irmão tem razão no que diz. Você sempre foi feliz ali e seu pai sabia disto. Precisa de algo para recomeçar a vida — sua mãe lhe falou.

Em um murmúrio ácido, Richard se levantou com um forte impulso e a cadeira ameaçou cair ao chão. Mas antes que pudesse expressar sua total discordância, pela trigésima vez ao que lhe parecia, o mordomo adentrou a sala e pigarreou chamando a atenção de todos a si.

— O que se passa, Addams? — Alexander estava impaciente pela resistência contínua de Richard, e a interrupção do mordomo alterou o seu humor ainda mais.

— Milorde, eu diria que há duas pessoas um tanto... excêntricas querendo lhe falar.

— Não vê que estou ocupado saboreando minha refeição?

— Milorde, ele pediu que lhe entregasse seu cartão, e que o milorde decidiria se lhe falaria ou não.

O mordomo entregou-lhe o cartão e repentinamente ao fitá-lo, Alexander alterou o cenho e bruscamente levantou-se deixando a todos aturdidos com sua feição pálida.

— Leve-o imediatamente ao escritório, Addams.

A passos largos, Alexander se encaminhou à saída do aposento, mas antes que dali saísse, o mordomo novamente pigarreou e lhe questionou:

— A dama deve ir junto, meu senhor?

Todos os olhos da sala se voltaram a Alexander, e ao mordomo e de volta a Alexander.

— Céus! Há uma dama?

— Perfeitamente, milorde.

A impaciência de Alexander não poderia chegar a um nível tão alto. Não sabia como lidar com isto. E todos no aposento aguardavam ansiosamente sua resposta, sem entender o motivo do desconforto. Ninguém ousaria questionar nada neste momento enquanto Alexander estava em um nível de estresse tão elevado. A não ser Olivia, que se levantou delicadamente e foi em direção ao marido.

— Está tudo bem, Alexander? — Com ternura ele a fitou. Obviamente se amavam e ela seria a única que conseguiria apagar aquele ardor de tensão que lhe tomava a face. — Quem quer que seja a dama, podemos recebê-la enquanto fala com o cavalheiro, querido.

— É uma ótima ideia, falou Alexander, fitando sua mãe.

— Certamente. Faça-a entrar imediatamente, querido. Não deixemos os visitantes esperando — Lady Harrison concordou.

Ao adentrar a casa, Alice e Max observaram o grande hall de entrada da residência, enquanto o mordomo informava que a senhorita Robinson seria direcionada à Sala Verde e o senhor Robinson seria levado ao escritório do Conde. Alice se surpreendeu, pois se sentia insegura com o afastamento do irmão. Não lhe ocorrera que pudesse passar por esta situação. Mas Max aquiesceu ao mordomo e sinalizou a Alice que deveriam seguir adiante. Enquanto Addams se encarregava de Max, a governanta da casa se apresentou à jovem senhorita e a acompanhou através de um longo corredor com destino ao aposento informado. Alice corria os olhos em todas as direções. A governanta se viu obrigada a esperar por ela, que parava para observar os quadros fixados na parede ou alguma estátua de mármore com que cruzavam. Até que pararam em frente à dupla porta suntuosa do aposento.

Richard não gostava de visitas fora de hora e estava indignado que alguém pudesse ter perturbado sua refeição a tal hora da manhã. Afastando-se das senhoras, mas permanecendo no ambiente, ele encostou-se à parede em frente a uma janela, com o objetivo de nutrir esperanças de se acalmar apreciando os jardins. Mas em segundos, para sua angústia, fora dominado novamente pela raiva quando a viu.

Ela entrou na sala acompanhada da governanta. Estava ruborizada e bastante deslocada. Seus olhos eram rápidos e observavam tudo à sua volta como se estivesse surpresa com o que via. Ao notar sua família rodeando-a, Richard percebeu que sua mãe tomou a frente para os cumprimentos e logo estavam em uma conversa amistosa. Para Richard ela parecia uma plebeia bem-vestida, maravilhada por estar na casa de sua família. Pensou consigo mesmo como eram fúteis as moças nesta idade. Mas ela era estonteante. Não podia deixar de notar. Seus cabelos cor de conhaque estavam presos em um coque simples e baixo. Uma mecha havia se desfeito, mas se mantinha presa atrás de sua orelha, pequena e bem desenhada. Seus olhos de um tom castanho para o dourado eram grandes e curiosos. A maça de seu rosto rosada contrastava com a pele alva e perfeita, fazendo Richard imaginar quão sedosa ela seria em suas mãos. Era exótica e mexia com sua virilidade. *"Isto é loucura"* — pensou. Friamente ele voltou seus olhos para o exterior da janela, enquanto ouvia sua mãe apresentá-la a todos.

— E aquele na janela é meu segundo filho, Sir Richard Harrison.

Tentando parecer cortês, ele se virou rapidamente e reverenciou, sem olhá-la nos olhos.

A Alice lhe pareceu um sonho entrar naquela sala. Tudo o que já estudara nos livros de história, em nada se comparava com o que estava vivendo. E quando viu as pessoas diante dela, apesar de sentir o estômago dar um salto de paraquedas, não pôde deixar de demonstrar tamanha felicidade por estar ali. Porém, certamente não conseguiria admirar o local e analisar os detalhes do espaço e da decoração. Com tantos olhos fitando-a, só sabia que o aposento era amplo e agradável. Seu sorriso se abriu quando Lady Harrison a recebeu com simpatia, cordialidade e elegância. Não via a hora de começar sua pesquisa e começaria por ali. Ao ser apresentada a todos, notara a falta de cordialidade de um dos filhos de Lady Harrison, de quem já nem lembrava o nome. Mas entendia que os homens dessa época faziam questão de demonstrar sua masculinidade e talvez até brutalidade no intuito de se impor diante das mulheres. Até aquilo a fascinava. Quão diferente era este mundo. Ou melhor, esta época.

Convidada a sentar-se e tomar chá, Alice ficou atenta aos modos das damas para assemelhar-se, mas sabia que de certa forma demonstrava insegurança nos traquejos da época, especialmente a formalidade na conversação. Os olhos estavam todos voltados para ela, com exceção do jovem cavalheiro prostrado ante a janela. E decidiu seguir o plano ora alinhado com seu irmão.

— Lady Harrison, me chamo Alice Robinson. Estou de passagem com meu irmão Max. Ele tem negócios a tratar com seu filho mais velho. Perdoe-nos por aparecermos sem previamente avisá-los ou sem agendarmos uma audiência. De fato foi algo *impossível* de se fazer — Alice frisou o *impossível*, sorriu e continuou, e aquilo pareceu chamar a atenção do jovem cavalheiro.

— De maneira alguma... não se desculpe. É um prazer recebê-los. Alexander pareceu bastante entusiasmado — falou-lhe Lady Harrison.

— Não sabe como isto me agrada. Sua casa é excepcionalmente linda. É fascinante ver como tudo funciona aqui.

E definitivamente este último comentário não foi nada apropriado, e logo Alice se deu conta disto. Ao fitar o jovem cavalheiro, notou que ele revirou os olhos e tornou a olhar para fora da janela.

— Perdoe-me pelo comentário. Vim do norte da Inglaterra e é a primeira vez que vimos a Londres. Temo que viver no campo não é nada comparado a Londres e estou fascinada.

Alice não sabia por que, mas sempre que finalizava uma frase seus olhos alcançavam o jovem robusto. E cada vez que via um sinal de crítica em seu olhar, ficava mais nervosa. Não sabia o motivo, mas achava que se aqueles olhos lhe transmitissem aprovação, ela estaria se saindo bem, e não era o que lhe ocorria.

Nos pensamentos de Richard, aquela garota era uma camponesa fascinada que facilmente se deixava ludibriar pela ostentação da nobreza inglesa. Mas isso despertou a curiosidade de Richard sobre que tipo de negócios Alexander teria com um camponês do norte da Inglaterra que o teria deixado naquele estado de nervos. Era algo que precisava descobrir. Já impaciente com a insignificância daquele momento, Richard pediu licença no intuito de sair da sala, porém foi surpreendido com a porta se abrindo irrompida com fortes risadas de seu irmão e do outro cavalheiro. Com as mesmas madeixas castanho-avermelhadas, certamente era o irmão da camponesa.

Todos na sala estupefatos se voltaram aos dois. Pareciam amigos. E aquilo só fez aumentar a curiosidade de Richard.

Ciente de sua falta de postura habitual, Alexander pigarreou e fitou a todos da sala, já demonstrando seriedade.

— Minha mãe, este é Sr. Robinson. Ele e sua irmã serão nossos hóspedes esta semana.

Max fez uma reverência encabulada que despertou em Alice a vontade de rir. Ela se conteve, mas seu leve sorriso fora captado por Richard sem que ela o notasse. E enquanto as formalidades de cumprimentos se seguiam com Max, Alexander se direcionou a Alice e pediu que Max lhe apresentasse. Richard acompanhava tudo aquilo e sabia que havia algo curioso e misterioso no modo como aquele casal de irmãos agia. E agora, seu próprio irmão agia de forma inusitada também. O que estaria acontecendo?

Após algumas horas quando já estavam perfeitamente instalados, Alice e Max foram chamados à biblioteca. O Conde os aguardava.

— Teremos um baile esta noite em nossa casa, em comemoração ao aniversário de minha mãe. Será uma honra tê-los conosco.

— Minha nossa! A honra é toda nossa. Obrigada pelo convite! Que falta de educação de nossa parte, não demos nem felicitações à sua mãe! Deveremos reparar o nosso erro. Milorde, por favor, precisamos comprar roupas apropriadas, viemos somente com essas roupas — Alice apontou para si própria e para Max —, e temos que comprar um presente para sua mãe. Pode nos dizer onde poderemos encontrar lojas adequadas?

Alice que se policiava em cada frase que fosse falar naquela casa, se viu à vontade perante o Conde, pois ele sabia que eram do futuro. Mesmo assim, isso não bastou para que ele se surpreendesse com tantas palavras saindo da boca de uma jovem senhorita, de forma ágil, ansiosa e deselegante. Diante da clara expressão de susto do Conde, que Alice em seu esplendor de palavras não pôde notar, Max se interpôs de imediato, enquanto Alice gesticulava ansiosamente.

— Alice, está assustando o cavalheiro. — Ela enfim fitou a expressão aturdida de Alexander, e calou-se. — Alexander, perdoe minha irmã. Você entenderá quando lhe explicar exatamente como funciona o futuro, e muitas das mudanças estão nas mulheres. — Isto não pareceu agradá-la e a deixou consternada, porém precisava ser paciente. Max a fitou de forma brusca.

— Perdoe-me pelos modos, meu senhor. Apesar de profundo estudo de sua época, é difícil encenar. Sou historiadora e não atriz. — Ela lhe sorriu, mas diante da expressão firme ainda mantida pelo Conde, calou-se, questionando-se se ele não tinha senso de humor. — Tenho-lhe todo o respeito e estou muito agradecida por sua hospitalidade.

Alexander estava visivelmente irritado, mas após as palavras de Alice, suavizou o cenho, transparecendo calma. Ele levantou uma das sobrancelhas e perguntou a Max:

— As mulheres de sua época são assim? — Max não lhe respondeu, mas riu de soslaio. Alice abriu a boca para lhe responder, mas seu cérebro foi mais ágil e a fechou imediatamente. Mas aquilo a irritou. E ele notou.

— Certo. Srta. Robinson, creio que não haverá lojas que vendam trajes prontos de baile para a senhorita e o jovem cavalheiro. Poderemos dispor de uma modista e um alfaiate para atendê-los amanhã. Por hoje, já falei com minha mãe e uma de minhas irmãs irá emprestar-lhe um de seus vestidos. Creio que seja da altura de minha irmã mais nova. Quanto a Max, minhas vestimentas certamente servirão. Há algum problema quanto a isto?

— Se não for incômodo para sua irmã, milorde, fico imensamente agradecida.

O olhar de Alexander a Alice ainda era de perplexidade. Mas, como um homem moderno para sua época, ele precisaria entender algumas coisas mais, e por isso, claramente dispensou Alice da sala, para ter oportunidade de discuti-las com Max.

Alice saiu da sala impaciente para procurar uma das irmãs de Alexander. E enquanto se autoamaldiçoava, foi surpreendida por Emma, que a fitava com curiosidade.

— A senhorita é diferente das que já vi por aqui. Venha até meu quarto, minha mãe pediu que a ajudasse a se arrumar.

— Fico imensamente grata por sua delicadeza e cortesia em me dispor um de seus vestidos. Tem minha amizade se assim a quiser.

— Não são necessários agradecimentos. Tenho certeza de que seremos grandes amigas. Quantos anos tem?

— Vinte e cinco. E a senhorita?

— Vinte e cinco? E ainda não se casou? Pobrezinha! Quem sabe hoje encontra um cavalheiro disposto a cortejá-la — e antes que Alice pudesse protestar, Emma lhe respondeu sua pergunta: — Eu tenho dezenove anos. Esta é minha primeira temporada. Mas creio que preciso de mais uma para arrumar um marido. Prefiro ter mais opções.

Alice não pôde deixar de rir.

— A senhorita tem razão. É uma decisão para toda a vida. Melhor avaliar suas opções e fazer a melhor escolha.

— A senhorita é descendente da nobreza?

— Não, senhorita. — Alice fingiu descontentamento.

— Tudo bem, não se lastime tanto. O mundo está mudando. Se tiver um bom dote, que imagino que tenha, conseguirá um bom pretendente. Se a agradar, posso ajudá-la com alguns nomes de possíveis pretendentes para a senhorita.

— Não, absolutamente! — Sua reprimenda saiu mais forte do que esperava.

— Gostei da senhorita. Impulsiva como eu. Chame-me de Emma.

IV

Era certo que Alice aproveitaria todas as oportunidades com a família Harrison para aprender sobre a vida do século XIX, e as irmãs do Conde eram ricas fontes de informações sobre a vida das mulheres no século em questão. Quando o desafio entre as jovens se tornou "vestir a camponesa para o baile", todas se reuniram no quarto de Emma para arrumar Alice. Emma emprestou-lhe um vestido de tafetá azul claro que lhe caiu perfeitamente. As longas e fartas madeixas onduladas foram presas em um coque alto e enfeitadas com fitas da cor do vestido. O espartilho lhe apertou a cintura e os fartos seios se elevaram de tal forma que deixou Alice desconfortável.

Enquanto Emma, Emily e Olivia a fitavam com admiração, Alice se importava em afrouxar o espartilho na tola intenção de respirar melhor e omitir as curvas de seus seios. Não era puritana e certamente se vestia de forma muito mais devassa em seu mundo, se comparado às vestimentas deste século em questão. Porém, se sentira tão bem usando as castas vestimentas sem demonstrar seu corpo e sem atrair olhares inoportunos, que não precisou fugir de nenhum homem até então. Certamente estava fazendo tempestade em um copo d´água, pois os cavalheiros deste século não deveriam ser tão abusados quanto no século XXI. Enfim, ela cedeu.

— Alice, mesmo que não deseje, certamente irá atrair um pretendente hoje — Emma se atreveu em alertá-la.

— Como assim: "não deseja?"— Olivia exprimiu sua surpresa enquanto Emma se divertia.

— Bem, simplesmente não é meu objetivo — Alice lhes falou.

— A senhorita quer ser uma solteirona? — Emily, a mais discreta de todas, não se conformou com a afirmação.

— Já estou com vinte e cinco anos, e tenho outros planos.

Todas a fitaram com os olhos surpresos pelo comentário. Afinal, que outros planos uma mulher poderia ter senão casar-se? Mas, antes que a bombardeassem com mais perguntas, era a vez de Alice as questionar, e fora bastante enfática em suas perguntas, que por vezes eram recebidas com gargalhadas das jovens damas. Alice sabia de uma coisa, precisava de um caderno para fazer suas anotações. No dia seguinte iria às compras. Por sorte, quando as perguntas tornaram a se voltar contra ela, certamente pela curiosidade que lhes causou, uma música forte ressoou pelo quarto e Emma e Emily deram gritinhos de alegria.

Alice decidiu então tentar se portar como as moças deste século. É claro que não sairia dando gritinhos por aí e nem esperaria ser cortejada por algum cavalheiro. Isso era o que menos queria. Mas precisaria ficar perto das moças para acompanhar suas reações e comentários no baile, sem que ela fosse o centro das atenções com seus comentários adversos à época. Porém, logo sua ideia de ficar em grupo seria totalmente minada.

Richard, que já estava no Salão de Baile, fora seriamente advertido por sua mãe que dançasse com algumas moças e que não sumisse do Salão para a Sala de Jogos como sempre o fazia nos Bailes. E como ele não poderia desafiá-la justo no dia de seu aniversário, sabia que a noite seria longa, e não estava nem um pouco animado com a ideia. Alexander acabara de entrar com Olivia e logo atrás vinham suas irmãs. *Onde estaria a superficial camponesa? Ah! Ali, logo atrás!* Mas quando seus olhos captaram a bela moça, Richard não conseguiu mais afastá-los dela. Alice estava divina em um vestido longo azul, e quando encarou seu rosto, começou a imaginar sua boca perdida naqueles lábios carnudos, corados e bem desenhados, descendo por seu pescoço nu. Os pelos de seu corpo se retesaram, e um forte desejo lhe assomou. Mais desconcertado sentiu-se quando os olhos castanhos quase dourados encontraram os seus. Mas ali não se demoraram. Ela parecia procurar alguém. Interessado para saber quem seria, ele a seguiu com os olhos e encontrou seu irmão. Era curiosa a forma como se falavam, havia algo de diferente nos dois. Seu raciocínio foi interrompido por Alexander.

— O que achou de nossos convidados?

— Alexander, o que está havendo?

— Não respondeu minha pergunta. Qual sua primeira impressão?

— Não sei se concordo com Addams, se são excêntricos ou grotescos. Quem são eles?

— Irmão, isso é algo que lamentavelmente não poderei falar-lhe agora. Mas garanto-lhe que são interessantes. Preciso cumprimentar outros convidados. Permita-me afastar-me.

Richard, agora bastante curioso, procurou novamente o casal de irmãos, mas já não os encontrou no mesmo local. Passou o olhar pelo salão, porém neste instante foi interceptado pela Viscondessa Edwards e sua filha, Miss Edwards.

— Sir Harrison, que alegria vê-lo aqui.

A Richard lhe passou uma ideia irônica, se este era o Baile de aniversário de sua mãe, obviamente estaria ali.

Porém, para não desonrar sua amada mãe, simplesmente reverenciou ambas as damas.

— Lady e Miss Edwards.

— Está uma noite maravilhosa. Veja os jovens dançando lindamente no salão. Não lhe parece agradável?

— Certamente, milady.

— Não gosta de dançar, Sir Harrison? — E Richard entendeu o sentido da conversa. Lady Edwards desesperadamente empurrava sua filha para ele, que estava preso pela necessidade de ser cordial no aniversário de sua mãe.

— Miss Edwards, me concederia a próxima dança?

E lá estava o mesmo semblante que Richard cansara de ver no rosto das donzelas da nobreza. O desespero por casar.

— Será um prazer, Sir Harrison.

E quando a outra música começou, uma quadrilha, os dois elegantemente foram para o centro do salão com os demais casais, para o desespero de Richard.

Suas irmãs que estavam próximas a ele ouviram a conversa e não contiveram as risadas quando o casal começou a dançar.

— O que houve, Emma? — perguntou Alice.

— Richard abomina dançar. Mamãe deve tê-lo obrigado a permanecer no salão, pois ele nunca o faz. E ele não a deixaria descontente, justo hoje. Veja, Miss Edwards está claramente flertando com ele. E ele não lhe retorna o galanteio.

— Certamente ele é um homem bastante sério. E vejo que usa uniforme de oficial. Isso deve atrair a atenção das damas. — Mas ninguém lhe deu atenção, pois os olhos estavam voltados ao casal. E neste momento Richard demonstrou fatalmente que desprezava aquele momento. — Pobre garota, estou quase simpatizando com ela.

— Meu pobre irmão...

Mas quando Emily ia continuar, foi surpreendida pelo cavalheiro que lhe fazia a corte. Certamente que lhe sobrou a Alice somente Emma para acompanhá-la, já que Lady Harrison e a Condessa estavam ocupadas recebendo os convidados. Alice não parava de pensar como estaria Max na sala de jogos. Certamente só acompanhando aos senhores, visto que não sabia de nada dos jogos da época. Ela pareceu se divertir.

Enquanto Alice se concentrava em tentar arrancar mais informações de Emma quanto aos bailes da época, as duas foram interrompidas por um jovem cavalheiro.

— Senhorita, me concede a próxima dança? — Alice fitou a mão estendida do cavalheiro. Definitivamente não esperava por isso.

— Senhor, perdoe-me. Sinto em dizer-lhe que não sei dançar este ritmo. — Emma lhe fitou acidamente e os olhos de ambos demonstraram sinal de incredulidade. O jovem senhor pigarreou e estendeu o convite a Emma, que imediatamente aceitou.

Ao que lhe pareceu, era difícil ser honesta no passado. É claro, era muito absurdo uma moça nesta idade, e época, não saber dançar. E um leve sorriso se abriu em seu rosto. Quando elevou os olhos, notou que Richard a observava do outro lado do salão, já livre de seu par. Cruzar os olhos com os daquele homem já começava a irritá-la. Imediatamente depois, Alexander lhe apareceu com outro cavalheiro para apresentá-la.

— Senhorita Robinson, o cavalheiro gostaria de conhecê-la. Este é o Lorde Dupont.

Um homem alto e bonito, com os cabelos claros e dourados como o sol. Alexander os deixou a sós e ele não perdeu tempo convidando-a para o baile. Desta vez, Alice tomou uma nova postura.

— Senhor, posso lhe oferecer uma valsa?

E aquilo pareceu enfeitiçar o cavalheiro, que aquiesceu veemente. E enquanto anotava em seu cartão a primeira valsa com o cavalheiro, trocaram amenidades. Alice adorou ouvir os assuntos da época, e achou interessante a conversa, pois ele era um nobre francês. Pareceu injusto não ter um celular para gravar a conversação. Teria que ser suficiente guardar na memória e tentar transcrever tudo para o papel no dia seguinte. A conversa seguia agradável. De fato, era um cavalheiro bastante cortês. Mas Alice não queria prolongar a conversa, pois notara que os olhos do homem eventualmente cobriam o seu colo. Ela começou a se incomodar e sentiu uma pequena ânsia de se isolar.

— Lorde Dupont, perdoe-me, necessito ausentar-me por alguns instantes.

O jovem cavalheiro pareceu desapontado, porém, logo Alice lhe retornou com um sorriso, que o fez falar:

— Lembre-se de nossa valsa, senhorita.

— Certamente, senhor. — E fez uma leve mesura a ele em resposta.

Alice sentiu um forte calor com o incômodo, e uma leve tontura. Seguiu até a mesa e tomou um copo de refresco. Caminhou até um corredor próximo, e em seguida viu uma porta que dava para uma grande sacada dos fundos da casa com vista para o jardim. Ali ela se aventurou.

— Burra, burra, burra! Maldição! Trauma idiota! — Então ela ouviu alguém pigarrear e se virou rapidamente.

Richard estava sentado no largo parapeito da sacada do lado oposto ao de Alice, com um copo de bebida na mão, com o rosto sério e firme que já lhe parecia ser natural.

— Costuma falar sozinha, senhorita?

O sangue de Alice fugiu da face, e ela precisou encostar-se ao batente para não perder o equilíbrio. Só agora que se aproximara de Richard notara sua aparência. Um homem de ombros largos, rosto triangular, olhos azuis e grandes, cabelos ondulados e negros e pele clara. Seu olhar era firme e constante e do azul mais claro que já vira.

— Perdoe-me! Não notei que havia alguém aqui. — Alice fez menção de retirar-se, ele se levantou e falou:

— Não respondeu à minha pergunta, senhorita.

— Perdoe-me! — E pedir tanto perdão só deixava Alice mais irritada. Ela lhe retornou: — O senhor não fala sozinho?

— Qual sua resposta, senhorita?

— Por que se interessa?

— Uma resposta com outra pergunta? Por que simplesmente não responde?

— Falo sozinha quando me convém.

— É sempre tão crítica consigo mesma a ponto de ofender a si própria?

— Do que está falando?

— Você se chamou de burra três vezes.

— O senhor é muito observador.

— A senhorita foi muito clara.

— Agradeço-lhe por ensinar-me que devo manter a boca fechada.

Ele lhe deu o primeiro sorriso, e ela se permitiu fixar os olhos em uma pequena covinha que apareceu próximo aos seus lábios.

Alice decidiu que não iria mais embora, pois preferia trocar farpas com aquele homem descortês, a ser cortejada por qualquer outro.

— Vou fingir que não ouvi nada, para que se sinta melhor.

Mas Alice já entrara no jogo e não pôde conter o sarcasmo.

— Quanta gentileza de sua parte, sir Harrison. — Seu desdém ficou claro.

Ele notou o tom, mas não se ofendeu. E voltou à habitual rispidez na fala.

— Estou curioso para saber o porquê de uma jovem dama de sua idade sair do salão de baile justamente quando estava sendo assediada pelos nobres cavalheiros. — Sua voz era calma, mas claramente demonstrava superioridade.

— Primeiro: não posso imaginar até onde vai sua curiosidade; segundo: não aprecio a palavra assediar; e terceiro: o que tem com a minha idade?

— Ora, senhorita! Obviamente, está aqui para arrumar um bom casamento, e em sua idade, creio que não deveria ausentar-se do salão de bailes. Está perdendo uma ótima oportunidade. — Richard bebericou sua bebida.

— Ora, senhor! Não compreendo por que se interessa com minha idade. Não que lhe diga respeito, mas só tenho vinte e cinco anos. Parece estar mais preocupado com que eu não arrume um casamento do que eu. Não tenho que lhe dar satisfações, mas garanto que não quero um marido. — Alice demonstrou consternação e notou que via o mesmo nos olhos daquele homem insistente.

— Que disparate! A senhorita deixará seus pais perturbados!

— Não tenho mais pais.

E aquilo o acertou como um soco no estômago. Mas ele não iria recuar.

— Deixará seu irmão louco!

— Não me importo.

— Que insolência! E por que razão não desejaria casar-se, senhorita?

— Não acha que é uma pergunta pessoal? O senhor gostaria de casar-se, Sir Harrison?

— Que ousadia, senhorita! Mas eu lhe respondo: não!

— Ora, e por quê, senhor? — Alice arqueou uma das sobrancelhas e cruzou os braços aguardando a resposta, que veio logo em seguida ao ver os olhos do homem faiscarem de tensão.

— Porque não preciso.

— *Touché*! Essa é minha resposta ao senhor.

— A senhorita não segura a língua nunca? — Richard estava visivelmente transtornado, e essa reação fez Alice relaxar e se sentir dona da situação.

— Por que deveria segurá-la? O senhor me fez uma pergunta, e eu a respondi com a mais absoluta sinceridade. — O sorriso que ela deu enfureceu Richard ainda mais.

— Não me parece ter modos.

— Ter modos para o senhor é ser submissa a um homem e passiva a tudo o que lhe dizem?

— Assim não o pensa?

— Está certo. É seu direito pensar desta forma. Afinal, estamos no século XIX. — Alice se aproximou mais de Richard, aumentando a tensão entre eles, e gostando cada vez mais da discussão.

— Como a senhorita pensa? Estou intrigado. — Ele arqueou as sobrancelhas e descansou o copo de bebida ao lado, cruzando os braços aguardando a resposta.

— Creio que compreendo melhor o senhor por não querer casar-se. Deve ser bastante enfadonho, de fato, casar com alguém que não expressa suas opiniões e aquiesce a tudo o que o marido lhe sugere. Respeito mais o senhor por isto! E também respeito seu ponto de vista.

— Não é um ponto de vista, é a realidade.

— Certamente.

— Por que algo me diz que a senhorita não concorda?

— Porque de fato, não concordo. Mas creio que esta conversa não nos leve a lugar algum.

— Diga. O que pensa mais a senhorita?

— Garanto que não gostaria de saber.

— Se não quisesse não teria lhe perguntado.

— Certamente penso o oposto do senhor. Creio que pense que as mulheres são fracas e que nossos direitos estão baseados exclusivamente no lar, para educar os filhos e confortar nossos maridos.

— São os direitos da mulher. Mas em seu favor, esqueceu que nós homens pensamos que as damas são moralmente superiores?

— Ah, não me esqueci. Mas do meu ponto de vista isso é apenas uma forma de fugir de suas mulheres para se aventurar em bordéis, já que fazem questão de assumir que são moralmente inferiores para justificarem suas escapadas.

— Escapadas? Ah! Que termo incomum. Mas que direitos acha que as mulheres deveriam ter que não têm hoje?

— Ora! Por que não estudar como os homens e ter alguma ocupação além do lar? E não me entenda mal, o trabalho no lar é glorioso, mas, não crê que a mulher tem inteligência suficiente para assumir outros desafios?

— Creio que a compreendo. A senhorita me lembra uma *Bluestocking*. Não me diga que usa aquelas meias azuis para representar com veemência seus ideais.

E Alice caiu na gargalhada, enquanto Richard se mantinha firme e impaciente.

— Não poderia pensar que pudesse ser julgada desta forma. Sei o que o termo significa. Até ouvi dizer que os médicos relatam que se a mulher se dedicar muito às atividades intelectuais pode ter problemas de saúde. Perdoe-me, creio que seja um pensamento estreito. — Enquanto Alice ria, Alexander estava enfurecido.

— A senhorita não se parece nem um pouco com as demais. Não tem limites.

Richard lhe falou em tom de crítica, mas ela lhe respondeu com um sorriso no rosto:

— Obrigada pelo elogio. Não acha que ser igual aos outros é um tanto enfadonho?

E isso o irritou ainda mais.

— Devo lhe falar que sinto piedade pelo seu irmão. Não conseguirá casá-la. Não se encaixaria nunca na sociedade londrina.

— Venho a concordar com o senhor. Não tenho dote, não sei cantar, nem dançar e minhas habilidades com costura são limitadas. Creio que não estou à altura da sociedade londrina. Mas devo dizer-lhe que não sou totalmente avessa aos costumes. Sei tocar piano e falo mais dois idiomas, além do inglês. — E com o último comentário Alice sorriu.

Apesar de estarem firmemente em lados opostos, Alice divertia-se com a discussão. Estava cansada dos homens do seu tempo que tinham a clara intenção de levá-la para a cama.

— Queira me falar de suas qualificações, senhorita.

— Senhor, acabo de ouvir uma valsa, e prometi a primeira dança a um cavalheiro. Perdoe-me o lapso, não lembro o nome dele.

— Como não lembra? Ele é um Visconde do sul da França.

— Certamente, senhor.

— Achei que não soubesse dançar.

— Ah, eu fiz aulas de valsa recentemente. Com sua licença. — Mas quando Alice saía da sacada ele lhe bradou:

— Reserve a próxima para mim.

Ela lhe voltou o olhar e assentiu com uma mesura.

— Será um prazer, senhor.

Quando Alice voltou para o Salão do Baile, Richard não pôde deixar de pensar na audácia daquela dama. Que modo de falar seria aquele? E que tipo de jovem em sua idade pensaria desta forma? Notara que era uma mulher inteligente, mas muito arredia. Mas como ficava bonita com seu olhar brilhante enquanto defendia suas ideias. E por que a convidara para dançar? Ele logo se convenceu de que não tinha terminado a conversa, e que agora estava ansioso para saber um pouco mais sobre esta estranha dama. Estava agora contemplando-a enquanto aguardava que a valsa terminasse para tomar posse da sua. Foi então distraído.

— Valha-me, Richard. Carne nova! Ela está sendo vista por todos os cavalheiros do baile. A mais linda mulher. Conhece-a?

De alguma forma, aquilo incomodou Richard.

— Está hospedada na casa de minha mãe. Creio que Alexander a conheça melhor.

— É da nobreza?

— Não saberia lhe dizer, meu caro.

— A convidarei para dançar a próxima valsa.

— Já a convidei.

— Então a próxima.

E como a música foi interrompida, Richard, que já estava a ponto de ebulição com as perguntas do cavalheiro, e incomodado com a forma como o Visconde a fitava, aproximou-se de Alice para a segunda valsa.

Quando Richard a tomou em seus braços, Alice sentiu que estava em segurança. A fim de não levantar suspeitas, agira com o Visconde como as moças da época e ficara de boca fechada o máximo que conseguira. Porém, esta estratégia criou falsas expectativas ao cavalheiro em questão, que então demonstrou fortes indícios de que estaria interessado em algo mais com Alice. Então, os seis minutos de conversa com o Visconde, o tempo que durara a valsa, foram torturantes para ela, que captara os olhos do nobre sobre seus seios por diversas vezes.

— Sir Harrison, devo ser honesta com o senhor. Alegra-me que o tenha ofertado esta valsa. Mas achei que não lhe agradasse dançar.

— Quem lhe disse isso, senhorita?

— Suas irmãs. Não estão certas?

— Minhas irmãs falam demais.

— Mas notei que deu sinais de aversão enquanto dançava com Miss Edwards.

— Gosto de dançar. O que não me alegra são os motivos pelos quais a maioria dos casais dança nos bailes.

— Ah, entendi sua aversão ao casamento!

— Não tenho aversão ao casamento, senhorita, apenas não serve para mim. E considero uma perda de tempo para as senhoritas que dançam comigo, pois não lhes darei o que almejam.

— Entendi por que dança comigo. Creio que gostei do seu motivo. E estou imensamente agradecida que tenha me auxiliado em outras questões.

— E quais seriam essas questões?

Alice pigarreou e pensou se deveria comentar sobre sua valsa com o Visconde. Decidiu que não seria apropriado. Mas Richard compreendeu.

— Então, senhorita?

— Senhor, creio que não seja apropriado mencionar o que eu esteja pensando agora.

— Achei que não conseguia frear sua língua.

— Eu sei, mas aprendi com o senhor, e pretendo manter a boca fechada e apreciar a valsa. — Ela lançou um sorriso que estremeceu até as entranhas de Richard.

Não era o que ele queria. Apesar de achá-la por certo inconveniente em seus comentários, aquilo o desafiava e só aumentava seu desejo em intensificar aquela conversa até seu limite. Mas fitando-a nos olhos, ele aceitou por ora o seu silêncio para apreciar cada detalhe de seu rosto. Sua pele pálida estava levemente rosada pelo esforço da dança. Uma mecha de seu cabeço havia se desprendido de seu penteado, revelando o cabelo ondulado e longo que lhe descia pelos ombros, o que deixou Richard tentado a tocá-lo e arrumá-lo. Seus pensamentos fluíram imaginando como seria desprender aquele penteado e se perder naquelas mechas, com seus dedos, acariciando sua nuca e puxando-a cada vez mais contra si. E sem notar, ele a havia aproximado mais junto ao seu corpo, percebeu no olhar surpreso que ela lhe lançou. Aquela mulher o estava enfeitiçando. Suas terminações nervosas estavam tensionadas com o cheiro que ela emanava, e com o leve suspiro de surpresa, ele sentiu o seu hálito doce alisar o seu pescoço. Ele estava perdido. Ele queria tirá-la de lá e afastá-la dos demais olhos masculinos que a fitavam com desejo. Todas as palavras proferidas por aquela boca carnuda e desenhada o desafiavam a conhecê-la e a entendê-la. Quando sua visão começou a se turvar na imaginação de tirar aquele corpete, ele se retesou e se obrigou a afastar o pensamento, pois estava a um fio de arrancá-la de lá e desonrá-la não muito longe dali.

Alice percebeu sua mudança, mas nada comentou. Ficou aflita. Pela primeira vez ficou sem palavras para proferir diante da clara demonstração de respeito que aquele homem acabara de lhe demonstrar. Diferente dos outros homens, onde via em seus olhos o desejo se intensificando e na postura sem falta de controle, os olhos de Richard demonstraram que acima de tudo a respeitava. Talvez ele nem a desejasse, pois não demonstrara a ela claras intenções. Isso a encantou e ela não conteve um sorriso.

Richard assumiu sua postura severa e irrompeu o silêncio:

— O que a fez sorrir, senhorita? Não vi graça alguma.

— Por que é sempre tão severo?

— A senhorita não me conhece a ponto de fazer tal comentário.

— De fato, peço que me perdoe. Também não sou de dar sorrisos aleatórios, a não ser quando realmente valha a pena.

— E por que sorriu para mim, senhorita? Está sugerindo que eu valho a pena?

— Absolutamente, senhor — mas, apesar de ter-lhe respondido de forma calma, Alice sentiu o estômago dar cambalhotas enquanto pronunciava as próximas palavras —, só que estou vivendo momentos que nunca imaginaria viver, e está sendo bastante agradável.

— Está se referindo ao Baile?

— Também.

— A senhorita é contraditória.

— Por que diz isto?

— Em um momento a senhorita critica as normas da sociedade local, e em seguida se deixa levar pela fascinação dela. O que de fato pensa a senhorita?

— Tem razão, senhor. É bastante contraditório. Mas o senhor não entenderia.

— Está subestimando minha inteligência, senhorita?

— De forma alguma, senhor. Não me refiro à sua capacidade intelectual. É só que não entenderia a complexidade de minha forma de pensar.

Ela o desafiava e ele estava cada vez mais aprisionado a ela. E quando se deu conta disso, notou que já estavam dançando a segunda valsa.

— Creio que não seja algo bem-visto uma senhorita dançar mais de duas vezes com o mesmo cavalheiro.

— Está preocupado em me desonrar, sir Richard?

E ele se deu conta de que até minutos atrás seu pensamento era justamente esse. Ele tencionou um leve sorriso, que Alice logo notou quando seus olhos alcançaram a covinha de sua boca.

— A senhorita deveria se preocupar com o que podem pensar ou falar a respeito de si.

— Garanto-lhe que não me preocupo com isso. Afinal de contas, aos olhos de todos já devo estar sendo vista como uma solteirona. — Ela sorriu de soslaio.

— A senhorita não sabe como está sendo vista pelos olhos de todos — mas isso lhe soou como um sussurro.

— O que disse, senhor?

— Se a senhorita é tão disparatada a ponto de não preocupar-se com sua desonra, devia notar que seu irmão a está fitando de forma um tanto... questionadora.

Alice seguiu o olhar de Richard e captou os olhos penetrantes de Max. Estaria ele com ciúmes? De toda forma, em seguida viu que o Visconde de algum lugar da França e outro cavalheiro, que ainda não havia notado, também a fitavam, enquanto colocavam suas luvas na clara intenção de convidá-la para dançar.

— A valsa está perto do fim?

— Sim, senhorita.

— Rogo-lhe que dance comigo mais uma vez.

— Não tem modos, senhorita?

Ele seguiu seu olhar na direção dos cavalheiros e com um forte impulso de proteção, assentiu-lhe e se deliciou com mais um de seus sorrisos.

A expressão de Alice foi suavizada assim que notou os cavalheiros dispersos pelo salão.

— A senhorita acabou de dispensar alguns possíveis pretendentes.

— Alegro-me que tenha dito isto.

— Então falava sério?!

— A respeito de não querer casar-me? — Ele assentiu. — Claro! Por que haveria de mentir ao senhor?

— A senhorita é intrigante!

— Isso foi um elogio?

— Uma constatação. — Ela lhe sorriu e ele sorriu em retorno.

Havia muito tempo que Alice não se sentia confortável na presença de um homem. E assustou-se quando notou que inconscientemente poderia estar flertando com ele. Sua boca a atraía, especialmente quando ele lhe sorria. Isso fez com que ela desejasse lhe provocar mais sorrisos. Só agora notara que o porte imponente daquele homem era seu charme, mas quando sorria era como se demonstrasse que havia uma delicadeza omitida sob aquele caráter rígido e temperamental.

— Não sei como pude não lhe perguntar antes. É oficial da Marinha, senhor?

De imediato Alice notou que Richard retesou sua postura, e aquela expressão suave em seu rosto se desfez.

— Sim, senhorita. Porém, por pouco tempo. Estou me desfazendo de minha patente de Capitão.

— Oh! Compreendo. Esteve quanto tempo nesse ofício?

— Desde o começo da guerra com a China.

— Ah! A Guerra do Ópio?

Ele a fitou com surpresa.

— Sim, esta era a causa, senhorita. Que conhecimento tem sobre ela?

— Digamos que possuo vastos conhecimentos sobre ela. E abomino o que representa.

Ela fechou o cenho, e ele da mesma forma em retorno.

Alice era historiadora e compreendia o que havia desencadeado a Guerra do Ópio, e era totalmente contrária a qualquer tipo de guerra. Tirar proteção e liberdade de pessoas inocentes e de outra pátria em favor da imposição de benefícios próprios era algo inaceitável para ela. Não só na guerra como na vida.

Para Richard, Alice fora longe demais. O que ela quis dizer fitando-o daquela forma hostil? Estaria ela criticando-o? Teria ela conhecimento sobre algo da guerra? As damas em geral não possuíam interesse em conhecer tais assuntos, que eram exclusivos dos homens. Mas ela era diferente. Por algum motivo, Richard não quis saber sua opinião. Ele não sabia ao certo o porquê, mas não queria pensar que ela pudesse criticá-lo, e nem desconfiava de que tivesse medo de que aquela jovem mulher pudesse adentrar em sua vida.

Até o final da valsa eles não conversaram mais. Porém, seus olhos se encaravam, demonstrando a total incompreensão de ambas as partes sobre o que o outro pudesse estar pensando.

Quando a valsa terminou, ambos se cumprimentaram com uma cordial e fria mesura e se afastaram. Alice não o veria mais até o final da noite, e na clara intenção de fugir para seu quarto, pois tudo aquilo fora um pouco demais para ela, foi abordada por Emma.

— Você dançou três valsas com Richard! — Alice sorriu educadamente sem lhe responder. — Sabe o que significa isso? — Alice novamente não lhe respondeu. — Que certamente meu irmão está interessado em você. E ele nunca se interessa por ninguém.

— Não, Emma. Sir Harrison só fez uma gentileza. Eu lhe pedi que dançasse comigo mais uma dança, pois queria fugir dos demais cavalheiros. Ele não queria, mas acho que teve piedade de mim e aceitou.

— O que você fez? Por que fez isso? Havia um Visconde claramente interessado em você. Ele é um ótimo partido.

Alice não tinha intenção de alongar o assunto e nem de retomar a conversa de que não queria se casar, pois sabia que seria motivo para discussão de pelo menos meia hora. Por isso, resolveu ser direta.

— Tenho certeza disto, porém, não faz o meu tipo.

Emma se demonstrou chocada. E quando Alice pediu licença para se retirar aos seus aposentos, Emma se direcionou à sua irmã e cunhada para dizer-lhes quão decidida Alice se demonstrara, e como isso a simpatizava. Não obstante, sabiam que os modos e comentários de Alice lhe eram bastante peculiares.

Após algumas horas, já em sua cama, Alice repassou por todo o seu dia, e constatou que estava muito cansada. Pensou em como Richard poderia ter se envolvido naquela guerra e se deu conta de que fora descortês com ele, pois, apesar de tudo, ele estava servindo à pátria, à Coroa, e ela não ouvira sua opinião e seu relato sobre isso. Dormiu pensando em como poderia retratar-se.

Em sua casa, uma pequena residência alugada próxima à residência de sua mãe, Richard não conseguia dormir com a inquietude que o dominava. Quem seria aquela mulher? E, por que ela o afetava tanto? Ela o desafiava e o irritava, mas estava totalmente dominado por ela. E o que poderia haver sob aquele vestido era algo que perdurava em sua cabeça. Richard, em sua cama, se virou de bruços na tola intenção de abrandar a palpitação em seu membro, dominado pela imaginação em tê-la nos braços. Mas aquilo era totalmente inconcebível. Ela não podia ser dele. Não faria isso com ela. E será que ela corresponderia a esse desejo? "*Ora, é claro que não, Richard. Que tolice*", foi o que se resumiu a pensar. Passou metade da noite pensando sobre o que fazer com a presença daquela mulher, e se deu conta de que não aguentaria e não podia mais ficar perto dela. Estava decidido. Aceitaria a proposta de seu irmão e iria até Gloucester tomar posse de sua propriedade. Estava na hora de assumir novos desafios e ocupar a mente com algo importante, pois sua cabeça ociosa estava lhe pregando peças agora. Seu irmão havia dito que o casal de irmãos ficaria hospedado por uma semana na residência de sua mãe. Era isso. Sabia que não poderia sumir da casa de sua mãe, mas iria evitá-la.

V

Pela manhã, Richard recebeu o bilhete de sua mãe, pedindo que comparecesse à sua casa para o desjejum. Foi com grande relutância que decidiu atendê-la, com a única intenção de informar a todos que iria a Gloucester com seu irmão. Depois providenciaria para que ocupasse seus próximos dias no clube que frequentava.

No entanto, para sua surpresa, quando ali chegou, foi notificado de que seu irmão Alexander, sua esposa Olivia e o casal misterioso de irmãos haviam saído para algumas compras, a pedido dos hóspedes. Sentados à mesa, o resto da família se refestelava com o desjejum. A família estava calada, o que não parecia comum a Richard. Mas ele permaneceu em silêncio, como estava habituado a fazê-lo. No entanto, notou que de tempo em tempo, uma de suas irmãs o fitava de soslaio. Perdendo a paciência, em sua habitual falta de humor, ele quebrou o silêncio:

— Está certo! O que está havendo? Falem de uma vez, o que pretendem?

Sua mãe o fitou com carinho e preocupação. E obviamente, Emma, a mais corajosa, tomou a frente:

— Alice nos falou como foi gentil com ela, livrando-a dos outros cavalheiros.

— Do que está falando, Emma?

— Quando dançou com ela. Ela nos disse que lhe pediu, e você foi generoso.

Os olhos de sua mãe os fitaram com incredulidade e ela se pronunciou:

— Ela é destemida, mas precisamos alertá-la de que esta não é a melhor postura para uma dama, convidar um homem para dançar. Temo que a falta dos pais lhe faz necessário apoio de minha parte, pois claramente seu irmão não está assumindo este papel.

Richard se questionou sobre o porquê de Alice ter se pronunciado de tal forma, assumindo total responsabilidade por terem dançado a terceira valsa juntos. Não era conveniente que adotasse tal postura. Ela o surpreendia em todos os seus atos. Apesar de que seria prudente sua mãe realmente ensiná-la bons modos, não tinha intenção de prejudicá-la. Por isso, assumiu uma postura honrosa, que lhe era nata.

— Suplico-lhes que parem de abordar este assunto. A senhorita em questão foi convidada por mim para valsar.

Todas o fitaram, fascinadas com sua resposta. Sua mãe nada falou, mas sorriu graciosamente. Richard notou a mudança de postura das mulheres de sua família, e antes que o abordassem com mais perguntas, pediu licença e anunciou que aguardaria Alexander na biblioteca. Deixou o aposento a passos largos, e se dirigiu ao local indicado para tomar uma bebida forte. Enquanto isso, suas irmãs se olharam perturbadas.

— Estaria ele interessado em Alice? — sugeriu Emma.

— Não pode ser. Trata-se de Richard — bradou Emily.

— Chega, meninas. Não vão conjecturar as atitudes de seu irmão. Ele é dono de sua vida. Algo me diz que a conversa que ele quer ter com Alexander é algo positivo. Quem sabe aceitou a proposta de Alexander e irá a Gloucester? É com isso que devemos nos preocupar.

Minutos depois, estavam todos de volta à casa.

— Addams, onde está minha família? — Alexander questionou ao mordomo.

— Na sala de refeições, milorde.

Antes que todos se direcionassem até o local mencionado, Max lhes falou que iria deixar seus novos pertences em seus aposentos.

Alice estava bastante satisfeita com o passeio, e mais ainda com a aquisição de um caderno para suas anotações. Estava ansiosa para começar a escrevê-lo, mas antes precisava de privacidade, e sabia que não seria fácil consegui-la. Então teve uma ideia.

— Milorde, o senhor me permite visitar sua biblioteca por uns instantes? Se me permitir emprestar-lhe um livro, ficaria muito grata.

Alexander assentiu e disse-lhe que se sentisse à vontade. Pediu a Addams que a guiasse, mas ela lhe garantiu que não seria necessário, pois já conhecia o local.

Quando Alexander e Olivia sentaram à mesa com sua família, Emma lhes perguntou onde estariam Max e Alice. E como Alexander já tinha enchido a boca com caviar russo, Olivia se adiantou:

— Max subiu para seus aposentos e logo nos encontrará. Alice foi à biblioteca.

Emily engasgou com um farelo de torrada. Tossiu e um pedaço voou de sua boca e aterrissou na mesa. Ela se encolheu enquanto todos a fitavam, com exceção de Emma, que sorria alegremente, imaginando Alice e seu irmão na biblioteca.

Richard acabara de ver através da janela da biblioteca que haviam chegado. Aquele era um de seus aposentos preferidos da casa de sua mãe. Estantes cheias de livros eram dispostas em fileiras, lado a lado, perfazendo um estreito caminho até desembocar em dois sofás forrados com tecido verde detalhado com capitonês. Ali ele sentou apreciando seu *Drambuie*, enquanto se recordava do *Grog*, a bebida que consumiam na Marinha. Ouviu o estalo da porta, mas não se mexeu, aguardando a entrada de Alexander. Mas logo se deu conta de que se tratava de outra pessoa, quando ouviu uma voz:

— Deus! Jane Austen e Charles Dickens! E primeiras edições! — Richard se empertigou e continuou ouvindo as exclamações de Alice, ainda omitido pelas estantes imponentes e fartas de livros.

— Não acredito!!! *Orgulho e Preconceito*! *Emma*! *Oliver Twist*. Deus, estou nos céus.

Alice estava fascinada com a variedade de livros e se dava conta da riqueza que acabara de encontrar. Para ela, ler era sua atividade favorita, e não podia acreditar no que via. Enquanto folheava *Emma* encaminhando-se para os sofás, pensou em quão afortunada ela era pela oportunidade que estava vivenciando.

— Falando sozinha de novo, senhorita Robinson?

Alice estremeceu e os livros escapuliram de suas mãos, alarmando o aposento com o ruído dos livros ao chão, e impulsivamente deu um passo atrás, sobressaltada. Quando Richard a avistou, ela tinha uma das mãos disposta ao peito e estava ofegante.

— Céus, como o senhor pode estar à espreita em todos os lugares?

— Acho que sua pergunta não merece resposta. Gosta de Austen?

Alice recolheu os livros do chão, cuidadosamente, e ainda agachada sorriu fitando-os.

— Quem não gosta, não é?

Richard sentiu um calor dominar seu corpo quando a viu se levantando e deslizando suas mãos pela saia, na inocente intenção de arrumar seu traje. Enquanto isso Alice amaldiçoava em pensamentos quem havia inventado o espartilho.

— Deve saber que minha mãe foi influenciada por este livro quando deu o nome a minha irmã. — E ele apontou o livro nas mãos de Alice. Ela lhe sorriu em troca.

— É uma de minhas heroínas favoritas.

— Gosta de ler, senhorita?

— Minha paixão. — Alice deu uma volta encarando a biblioteca. — Se eu tivesse uma biblioteca como esta, certamente seria a mulher mais afortunada do mundo.

— Se contenta com pouca coisa, senhorita.

— Dizem que são nas minúcias que encontramos a felicidade. — Ela o fitou, mas seu olhar estava perdido. E se perguntou se ele era feliz.

— A senhorita já a encontrou?

— O que disse?

— Já encontrou a felicidade? — Era uma pergunta difícil. Ela não era infeliz, mas sabia que estava longe da felicidade plena. Ela simplesmente vivia fazendo as coisas que lhe davam prazer, mesmo sabendo que lhe faltava algo que fora perdido anos atrás.

— Nunca perco as esperanças — ela vacilou, mas lhe sorriu avançando em sua direção, porém, desviando de seu olhar. Ele, que agora estava de pé, a viu acomodar os livros sobre a escrivaninha, e se perguntou sobre o que poderia fazê-la feliz.

— Fico contente que o tenha encontrado, senhor, pois gostaria de falar-lhe.

Cada palavra que Alice proferia despertava em Richard uma necessidade de entendê-la, de ouvi-la e de estar perto dela. Mas Richard já tinha se decidido a afastar-se, para o bem dos dois. Ele assentiu sem lhe responder.

— Peço que me desculpe pelo modo como agi ontem durante a valsa. Certamente expressei minha intolerância pela guerra sem ouvir seu posicionamento, e devo ter sido indelicada. Perdoe-me pelos meus modos. Estou sinceramente tentando melhorá-los.

Richard já assumira sua postura ereta e rude, que fez com que Alice recuasse e aguardasse seu retorno antes de mencionar mais alguma coisa.

— Não tenho que dar satisfações ou expressar meu posicionamento à senhorita — Richard não desejava tocar nesse assunto e mudou o tema, mantendo a posição austera —, também queria falar-lhe. De fato, não tem o menor respeito por sua honra. O que pensou quando falou para minhas irmãs que eu havia sido generoso com a senhorita? Não pensou que isso não seria sensato para sua imagem?

— O senhor é muito desagradável. Estou aqui lhe pedindo desculpas e vem me falar em honra? Não lhe passou pela cabeça que seria melhor para o senhor evitar ouvir tantos questionamentos pela hipótese de ter dançado três vezes comigo repetidamente? Creio que deveria me agradecer.

— Não preciso que ajam em meu favor.

— Eu não menti. Falei a verdade. Eu lhe pedi a terceira valsa.

— Mas eu quis todas elas.

— Que propósito é este afinal?

— Não compreende também que estando a sós aqui comigo é uma atitude desonrosa para a senhorita?

— Eu nem sabia que havia alguém aqui, e, de toda forma, o senhor não faria nada para me comprometer.

Ele caminhou em sua direção a passos largos com fogo no olhar e cenho fechado e postou-se defronte dela. Muito perto. Alice instintivamente deu um passo para trás e sua face demonstrou sua surpresa. Seus olhos foram dominados pela angústia. Já sentira isso antes, e visitar este episódio do passado era definitivamente a pior de suas lembranças.

Richard sentiu em seu olhar o medo que lhe assomara, e foi impelido a recuar. A vontade que tinha era calar aquela boca atrevida com a sua, mas viu que foi longe demais. Isso o consumiu. Seu punho se fechou com ódio de si mesmo. Sabia que se continuassem a se encontrar algo daria errado.

— Saia daqui.

E ele não precisou falar duas vezes. Alice saiu correndo, deixando somente o cheiro doce e suave de seu perfume.

Os próximos dias se seguiram sem que Richard pisasse os pés na casa de seu irmão. Estava decidido que só voltaria ali no próximo domingo, o dia de sua viagem para Gloucester.

Alexander passara os últimos dias trancado em seu escritório com Max e eventualmente Alice os acompanhava. Max sabia que podia confiar em Alexander, como dissera seu pai. E Alexander sabia que tudo o que lhe era dito deveria ser mantido em total sigilo. Nem com Olivia, Alexander fora totalmente sincero. Sabia que sua esposa era bastante astuta e descobriria em breve, mas ele ainda precisava de tempo para assimilar tudo e garantir a discrição em todos os detalhes, até se ver confiante em lhe falar sobre o assunto.

Alice passava a maior parte dos dias acompanhada das mulheres da família, o que a fez ter muito conteúdo para que pudesse escrever sua tese. Na verdade, não passava de um diário, escrito de forma bastante profissional e técnica, como um texto escrito por uma historiadora e escritora que ela era. Fora chamada algumas vezes para conversar com Alexander, na companhia de seu irmão, e o Conde até demonstrara um certo pesar pela forma como a tratara inicialmente. E agora que conhecia fatos do futuro, exprimidos por Max, sabia que ela era uma mulher de valor e muito astuta, especialmente quando Max a chamava para dar mais detalhes de história que Alice dominava e demonstrava. Mas, no escuro de seu quarto, à noite, a visão de Richard não lhe saía da cabeça. Sua família se perguntava por que ele não aparecera mais em sua casa. E as especulações eram de que ele estaria se preparando para sua mudança a Gloucester. Mas Alice sabia que não era este o motivo. Porém, sabia que se veriam no dia seguinte. E certamente nos dias depois. Ela não sentia medo dele. Sabia que ele não lhe faria mal. Sentia isso. Mas a forma como ele se expressou a assustou. Não queria ficar longe dele, porém, precisava afastar-se para evitar problemas com Max e seu objetivo de estar no passado. Tentaria não ficar mais sozinha com ele.

No dia seguinte, Richard estava impaciente aguardando Alexander e Olivia no hall de entrada da residência dos Harrison. Era cedo ainda, mas deviam partir para não se atrasarem. A viagem duraria 17 horas, mas sabia que por Olivia, Alexander desejaria dormir em uma estalagem e percorrer o caminho em dois dias. Quanto antes saíssem, melhor. A esta hora, Alice e Max já deveriam estar bem longe dali, foi o que Richard sujeitou-se a pensar. Embora algo em si não o deixasse tão aliviado assim. Desde o episódio da biblioteca, as poucas horas que Richard dormia haviam sido desperdiçadas com o pensamento em Alice. Mas agora, isso chegaria ao fim. Ao notar duas carruagens sendo arrumadas pelos cocheiros, com grandes baús sendo aprumados sobre elas, Richard se perguntou se Alice e Max estariam deixando a casa no mesmo momento. E a ideia de encontrar-se com Alice novamente lhe pareceu agradável, embora não prudente. Mas seria a última vez que a veria e isso o encheu de esperanças. Desconfortável e impaciente, ele caminhava de um lado para o outro quando ouviu passos vindos da grande escadaria principal da residência. Ele recompôs sua postura e fitou as escadas, aguardando a figura que apareceria. Era ela. E sozinha. Aquilo parecia um sonho, mas Richard sabia que poderia ser um pesadelo. Ela estava com um vestido cor de lavanda que lhe caía perfeitamente. Segurava seu chapéu, e as luvas ainda não haviam sido calçadas. Olhou-a nos olhos. Não parecia assustada como da última vez, porém estava parada, claramente se decidindo se descia os últimos degraus, ou se voltava a subi-los.

Alice queria aproximar-se de Richard, não sabia se por educação, ou pelo simples fato de estar em sua companhia. Mas também sabia que depois de tudo que ocorrera, era melhor evitar que ficassem a sós, e ao que lhe aparentava, ele estava sozinho ali. Certamente o mordomo Addams deveria estar por perto, mas seria prudente arriscar? Seria mais indelicado subir as escadas, já que ele a viu ali. Então ela decidiu descer.

— Bom dia, sir Harrison! — E ele lhe retornou com uma mesura.

— Bom dia, senhorita! Tão cedo acordada?

— Sempre acordei cedo, senhor. Faz parte de minha natureza. — Alice olhou para os dois lados, e como não viu ninguém, decidiu ser direta, já que seus modos sempre foram ponto de suas discussões com Richard.

— Senhor, creio que procurarei a governanta para pedir-lhe auxílio com os lacaios. Minha bagagem já está pronta para ser levada. Ademais, não é apropriado que nos vejam juntos sozinhos. — Ela não pôde deixar de lhe lançar um olhar irônico. Ele aceitou o olhar sem alterar sua expressão fria, e quando ela deu seu primeiro passo, ele lhe retornou.

— Vejo que uma semana na casa de meu irmão foi suficiente para que fosse orientada a ser prudente e ter discernimento.

Os olhos de Alice se enfureceram e seu olhar gélido alcançou os olhos de Richard. O que o fez recuar. Ela respirou fundo três vezes.

— Com sua licença, senhor. — E quando se virou, Richard se arrependeu. Ele esperava que ela retrucasse, que ela lhe bradasse em retorno. Mas foi surpreendido com sua reação. Essa não era ela.

— Espere, Alice — era a primeira vez em que ele a chamara pelo primeiro nome. Ela notou isso e parou. Richard pigarreou e tornou a falar: — Rogo-lhe que me perdoe pela falta de delicadeza, senhorita. — Ela o fitou, mas manteve a postura ereta e firme. — Creio que seja a última vez que nos veremos, e não gostaria que fosse desta forma.

— Do que está falando, senhor?

— Estão indo embora hoje, não estou certo?

"Ah, Deus, ele não sabia", Alice pensou consigo mesma. Aquilo até que lhe apertou o coração. Obviamente ele já tinha demonstrado que não queria estar próximo a ela, e já sabia que pelo menos na próxima semana estaria sob o mesmo teto dele em Gloucester, até que Max e Alexander lhe arrumassem uma casa para alugar. Ela engoliu em seco e quando ia comunicá-lo que iriam juntos, a conversa foi interrompida pela família toda descendo as escadas ruidosamente. E após os calorosos cumprimentos de todos ao verem Richard, a notícia foi dada a ele. Embora todos estivessem muito ocupados com alguma atribuição devido à pressa para começarem a viagem, Alice pôde notar a palidez de Richard. Ele fora acometido pelo mais singelo silêncio enquanto todos passavam por ele apressadamente. Ele estava atônito e desorientado, quando procurou Alice. Ela o fitava, mas quando ele a encarou, ela se forçou a desviar seu olhar e pôs-se a encontrar alguma atividade para fugir daquele momento. Ela se lastimou. Seria ela tão repugnante a ponto de deixá-lo incomodado com sua presença? Precisava evitá-lo para lhe confortar de alguma forma. Porém, logo seus planos foram aniquilados quando Alexander propôs que ele e sua esposa fossem em uma carruagem e Max, Alice e Richard na outra.

Alice notou que Richard falava incansavelmente com Alexander, provavelmente pedindo-lhe que mudassem os planos, ou que ele fosse em sua carruagem. Aquilo era demais, então ela afastou-se.

E era exatamente isso. Richard tentou argumentar de todas as formas, mas Alexander foi duro em seu retorno, garantindo-lhe que seria bom socializar-se com Max.

— Você ainda não sabe nada sobre eles, mas um dos principais motivos por eles terem nos procurado é para nos auxiliar em nossos negócios. Ele irá ajudar com a expansão de nossa criação de ovelhas e de nossas atividades agrícolas. Para tanto, seja no mínimo cordial e sociável.

— Era isso que ele fazia no norte da Inglaterra? Esse era o negócio deles?

— Não posso falar mais nada agora. Tudo ao seu tempo. Estamos atrasados, e esta conversa não é apropriada neste momento.

Max e Alice se mostraram extremamente agradecidos pela hospedagem. Alice deu um beijo em Lady Harrison e suas filhas, sabendo que provavelmente nunca mais as veria.

Enfim eles começaram a viagem. Max, que tinha grande facilidade em se relacionar, começou uma conversa simples com Richard sobre os últimos acontecimentos da semana. Alexander o levara a um dos clubes de cavalheiros que costumava frequentar em Londres e isso serviu para conversarem por cerca de cinco minutos. Mas logo Max notou que Richard era homem de poucas palavras e até um pouco intimidador. Em seguida, Max, já um pouco desconfortável começou uma calorosa conversa com sua irmã. Havia muito tempo que eles não tinham oportunidade de conversar, pois estavam sempre acompanhados e à noite eles iam para seus aposentos, ficando impossibilitados de conversar. Tendo em vista que não estavam sozinhos, eles conversaram sabendo até onde podiam ir, muitas vezes até em códigos, que deixava Alice contente com a brincadeira. Ficariam horas sentados ali, e isso a fez acalmar os ânimos. Porém, a diversão duraria pouco para ela.

Richard relaxou em seu encosto e fechou os olhos. Sabia que não conseguiria dormir, mas poderia fingir. Notou que os irmãos diminuíram o tom de voz, na intenção de não incomodá-lo. Mas ele estava atento a tudo. As curtas e baixas gargalhadas de Alice lhe pareciam um som muito agradável.

Ela falava a seu irmão sobre o que vira em Londres na última semana. Falava com tanta euforia, que parecia uma criança. E notou que havia claramente uma relação muito forte e carinhosa entre os dois.

Após uma hora de viagem, o silêncio se instalou na carruagem. Mais uns quinze minutos e Max fitou Alice surpreso.

— Está tudo bem, Alice?

Esta pergunta atiçou Richard a abrir os olhos, mas não o fez.

— Acho que só estou um pouco enjoada com o sacolejo da carruagem. Vou fechar os olhos, devo melhorar logo.

— Você está pálida, minha irmã.

Para Richard, aquilo fora demais. Ele abriu os olhos para fitá-la. Seus músculos se enrijeceram quando a viu naquele estado. Havia suor em seu rosto, estava pálida, da cor de uma vela. Seus olhos estavam fechados, mas sua face demonstrava grande desconforto.

Ele puxou a corda e bateu no teto da carruagem. Os cocheiros imediatamente pararam.

— O que está fazendo? — questionou-lhe Max.

— Ela precisa de ar fresco. — Ele abriu a portinhola e desceu da carruagem. Ela abriu os olhos lentamente e sem pensar em mais nada, lançou-se para fora da carruagem, sem notar que a escada ainda não havia sido posta. Ela tropeçou, mas Richard a segurou. Ele a instruiu a respirar fundo e ela assim o fez. Max se aproximou de Alice e Richard foi avisar Alexander sobre o ocorrido, em sua carruagem já parada à frente. Quando retornou, Alice tinha o aspecto um pouco melhor. Quando Richard notou que Max não lhe oferecera um lenço, ele ofereceu o seu.

— Por que não me falaram que ela sofria de enjoos? — Richard falava bruscamente.

— Porque não sabia — Alice lhe respondeu rápida e acidamente.

— Como não? Nunca andou de carruagem, senhorita? — ele lhe devolveu ironicamente.

E como Alice não havia pensado antes de falar, embora Richard não tenha notado o deslize, Max pigarreou e calmamente falou:

— O que ela quis dizer é que eventualmente sente enjoos.

Suspeitando de que aquilo bastasse, Alice lhes fitou, já aparentando melhor aparência.

— Talvez ela melhore se sentar-se de frente ao caminho que seguimos. Trocaremos de lugar — Richard sugeriu.

— Obrigada! — Estava surpresa com a preocupação e cuidados despendidos por ele. Era um cavalheiro.

Eles voltaram à carruagem e Alice pareceu melhor. Porém, seguiu a viagem de olhos fechados. Richard não se atreveu a fechar mais os seus. E quando Max também se recostou relaxado, na clara intenção de descansar, Richard pôde aproveitar o momento e apreciar Alice. Ela lhe parecia agora tão fraca e delicada que a Richard lhe passou uma vaga e ilusória intenção de começar uma discussão com ela comprovando a fraqueza e delicadeza das mulheres, e se viu sorrindo com a ideia de lhe importunar. Agora ele apreciava todo seu rosto e foi descendo o olhar até chegar em suas mãos. Uma delas agarrava firmemente seu lenço. Seus dedos, que ainda não tinham sido apreciados por ele, eram finos e rosados. Sua respiração estava forte, e ele notou que ela respirava fundo, como ele a havia orientado. Contemplando novamente seu rosto, foi surpreendido quando ela abriu os olhos e o fitou. Sorriu-lhe fracamente e voltou a cerrá-los, encostando levemente a cabeça na parede da carruagem.

Richard pensou que ela seria sua perdição. O que estava havendo com ele? Não conseguia mais dormir, e estava cada vez mais mal-humorado. Sabia que seu humor era constantemente negro, que fora consequência de seus momentos durante a Guerra, porém, ultimamente sua raiva se intensificara, e o motivo era Alice. Ele a desejava, mas ao mesmo tempo não queria estar perto dela, pois ele nada tinha a oferecer em troca.

A viagem foi interrompida após quatro horas, quando todos pararam. Depois de uma leve refeição, voltaram à carruagem. Alice se limitou a comer pouco, para evitar possíveis paradas indesejáveis. E ela agradeceu aos céus quando chegaram à estalagem.

No dia seguinte a viagem continuou da mesma forma que no dia anterior, porém, desta vez Alice estava mais disposta. Voltou à sua conversa com Max, e Richard notou que eles se falavam de igual para igual. Como se fossem dois amigos. Alice era inteligente, discursava sobre algumas histórias dos livros que lia, e, além disso, tinha um senso de humor interessante.

— Minha querida irmã, há tempos não lhe via tão feliz. — E Max lhe beijou a testa. Alice notou que Richard os observava, e bastante incomodada e envergonhada, mudou de assunto rapidamente com seu irmão.

"O que afinal estaria deixando-a mais feliz? E por que ela não seria feliz antes", perguntou-se Richard.

Ao fim do dia, quando chegaram ao começo das terras de propriedade da família em Gloucester, Alice olhou fascinada através da janela da carruagem. Os lindos e grandes campos verdes encheram os olhos de curiosidade de Alice, e ela se pegou respirando fundo para sentir o aroma de grama molhada e ar puro. Mais adiante viu de longe um campo com lavandas, e apreciou a beleza daquela cor singular azulada quase arroxeada. E mais atrás, uma pequena colina, com uma grande árvore sombreando o solo dos fracos raios solares que ainda cobriam o dia. Para Alice, era a visão do paraíso. Sentiu-se afortunada pelo momento. Acabara de escolher seu lugar para ler e escrever.

Com mais cinco minutos de viagem, eles se defrontaram com um caminho mais estreito, e Alice se alegrou mais ainda quando viu que as lavandas estavam por toda parte no caminho. Inspirou com força e sentiu o aroma agradável doce e floral. O cheiro lhe transmitia paz.

Enquanto Max e Alice fitavam o exterior da carruagem, Richard que por ali já estivera várias vezes, não se deu ao trabalho de olhar, e preferiu acompanhar a reação que o exterior causava em Alice. E se deu conta de que aquilo já estava fora de seu controle. Agradeceu em orações pelo dia estar terminando. Precisava beber algo forte e se trancar no quarto. Tudo aquilo era demais.

VI

Com o raiar do sol, Alice estava tão ansiosa para percorrer a pé os jardins e os campos da propriedade da família Harrison, que não esperou Alexander, Olivia ou Max acordarem para avisá-los sobre o seu passeio. Dirigiu-se até a área dos empregados. A caminho, prolongou-se mais do que gostaria em meio aos numerosos corredores largos e compridos, com infinitas portas imponentes de madeira polida. De jeito nenhum encontrava o caminho percorrido no dia anterior. "Seria conveniente ter um mapa para os visitantes"— pensou. A propriedade era muito grande. Alice se questionou sobre quantas pessoas aquela casa acomodaria.

Enquanto procurava pelo andar de baixo, cruzou com uma criada que carregava uma pilha de lençóis brancos e perfumados, e esta indicou o caminho até a cozinha. Havia muitos empregados, e todos eles trabalhavam preparando o desjejum, quando Alice adentrou no aposento. Os empregados se empertigaram e a governanta, senhora Stuart, se apressou em atender Alice.

— Está tudo bem, senhorita? Perdoe-nos, o desjejum ainda não está pronto. Iremos tomar as medidas necessárias para que possamos servi-la em instantes. Enquanto isso eu a acompanho até a sala de refeições.

— Absolutamente, senhora Stuart! Sei que está muito cedo. — E Alice lhe lançou um sorriso amável. — Por favor, não é necessário que se preocupe comigo, adoraria fazer uma refeição simples aqui mesmo.

Os protestos de senhora Stuart, em sua incansável formalidade continuaram, e os empregados ficaram embasbacados com a resistência e insistência de Alice. Era uma jovem persistente e amável, e se recusava a sair de lá.

— Só necessito de um pouco de café ou chá. — Após mais réplicas da senhora Stuart, Alice sentou-se em uma das cadeiras e disse que não sairia de lá.

— Senhorita, creio que isso não será bem-visto pelos patrões.

— Então não vou me demorar. — E sorriu afavelmente. — Ninguém saberá, será um segredo nosso. Enquanto estou aqui, que tal me falarem como é a vida no campo?

Claro que aquilo surpreendeu a todos os empregados que ali estavam. E obviamente em pouco tempo se espalharia o boato pela criadagem de quão amável era aquela senhorita. No primeiro dia, somente a governanta lhe falou, e Alice acabou notando que os demais criados tinham receio em lhe falar. Ela teria paciência.

Terminando seu café, ela se levantou rapidamente da cadeira e pegou uma maçã disposta em uma fruteira.

— Senhora Stuart, poderia me fazer a gentileza em entregar um bilhete para meu irmão?

— Certamente, senhorita.

— Obrigada! Ficarei a manhã passeando pelos lindos jardins e campos da propriedade. Não se preocupem — foi elevando a voz em euforia enquanto saía do aposento porta afora, e todos se olhavam surpresos.

O primeiro a chegar à sala de refeições foi Richard, aproximadamente uma hora depois de Alice ter deixado a residência, quando a governanta apareceu.

— Senhor, deveremos mudar o horário do desjejum?

— Absolutamente, senhora Stuart. Siga as ordens do senhor da casa. Eu sou o único que acorda cedo e não devem modificar sua rotina por meus hábitos.

— Sir Harrison, a criadagem foi toda orientada por Lorde Harrison a tratar o senhor como o senhor desta casa — após este comentário, a senhora Stuart pigarreou —, ademais, o senhor não é o único acordado.

Será que Richard um dia se acostumaria com isso? Para fugir de tal destino ele investiu sua vida na Marinha. Mas sabia que estava perturbado demais para seguir por este caminho. Deveria ele simplesmente aceitar?

Desviando o rumo dos pensamentos, *"quem já teria levantado tão cedo, se ele não via ninguém ali?"*. Decidido a não discutir mais o assunto com a senhora Stuart, Richard a questionou sobre quem teria acordado tão cedo além dele.

— A senhorita Robinson — a senhora Stuart se moveu milimetricamente em sua direção e sussurrou: — Ela é um tanto... diferente, senhor. Perdoe-me, não quero parecer indiscreta, mas como é o senhor da casa, temo que deva saber o que se passa aqui.

"Deus, ela não pode parecer normal nunca?". Mas Richard sentou-se à mesa, serviu-se de uma porção de presunto e queijos finos e retomou a conversa, tentando aparentar indiferença.

— Por que diz isso, senhora Stuart?

— Senhor, ela sentou-se na cozinha para comer um pedaço de pão e fez várias perguntas à criadagem. Perguntas simples de como era a vida no campo, como era a rotina e até onde ia a propriedade. Os criados ficaram embasbacados, mas somente eu lhe respondi às perguntas. Depois então, ela pediu que entregasse um bilhete ao irmão, e disse que estaria passeando pelos jardins e campos. Uma senhorita muito educada e simpática, senhor.

— Claro — mas Richard se limitou a responder isto e agradeceu à senhora Stuart. Comeu apressadamente, pois teve um forte impulso de sair a procurá-la. E algo lhe dizia que sabia onde ela estaria.

Richard montou em seu cavalo e foi em direção ao campo de plantação de lavanda. Após alguns minutos de cavalgada, ele ultrapassou o campo até avistá-la sob o imenso carvalho que realçava sobre a pequena colina. Ela estava escrevendo, sentada sobre a relva, e assim que Richard se aproximou, ela o avistou e fechou o caderno onde escrevia. Suas feições eram suaves e nada lhe dizia que iriam começar uma nova discussão.

Enquanto Richard amarrava o cavalo na imponente árvore, Alice permaneceu imóvel, somente acompanhando os movimentos do cavaleiro e seu animal. Quando ele se aproximou, ela ameaçou se levantar.

— Por favor, senhorita, quero que fique à vontade. — Ela lhe sorriu em retorno. Um sorriso que ele guardaria para sempre. Tudo o que ele queria era estar ali com ela. E aquilo o estava matando. Ele sentou-se ao seu lado. Ela observou a paisagem e ele lhe seguiu os olhos.

— É lindo, não é? Não sei como lhe dizer isso, mas já sonhei com um lugar muito parecido com este. São muito afortunados por terem esta paisagem sob os pés.

— Confesso que vinha com frequência aqui, mas nunca prestei muita atenção.

— Ora, deveria, senhor. Veja... — E olhou para o horizonte sem dizer uma só palavra. Richard olhou para onde seus olhos miravam e não conseguiu captar o que Alice via, mas ficou fascinado pela forma como ela fitava a paisagem. Obviamente ele não via o que ela enxergava.

— A senhorita é um tanto...

— Estranha? Eu sei. Parece que não tenho um lugar no mundo. Sou estranha em todos os lugares. — Seu sorriso enfraqueceu.

— Não era minha intenção ofendê-la.

— O senhor não o fez. Já estou acostumada. — Ela sorriu em resposta.

— Este era meu lugar preferido quando era mais novo. Enquanto meu pai viveu, moramos aqui. Após sua morte, minha mãe e minhas irmãs decidiram viver em Londres. Seria mais fácil para minhas irmãs, por terem que ser apresentadas à sociedade e entrariam logo em idade de casar. Ademais, este lugar traz muitas lembranças para minha mãe.

— Confesso que nunca estive em um lugar que me transmitisse tanta paz.

— É seu diário? — Apontou para o caderno nas mãos de Alice. Ela fitou para o caderno em suas mãos e sorriu.

— Pode-se dizer que sim.

— Algo me diz que sei o que há nele. — Richard lhe lançou um olhar divertido, na clara intenção de começar uma pequena discussão. Mas ela entendeu o recado em seu olhar e mostrou-se disposta a guerrear. Todavia, claramente seria uma guerra pacífica.

— Sabe? Por que não me diz? — Alice arqueou uma das sobrancelhas.

— Nunca reconhecerá se eu acertar.

— Prometo que o farei. Palavra de honra. — E estendeu as mãos em sinal de honra.

— Tudo bem, vejamos... *"Caro diário, fui a um baile suntuoso em Londres, onde havia muitos cavalheiros gentis e elegantes em seus trajes de gala. Meus olhos se encheram de emoção ao vê-los... Blá blá blá"*... — Alice sorriu com as bobagens que ouvia.

— Por que insiste tanto com esta ideia?

— Vai negar?

— Quer que eu leia um trecho ao senhor?

— Deixe-me pensar. Se digo não, ficarei feliz por me privar de minutos enfadonhos, porém, minha educação me diz que devo dizer sim, e deixarei a senhorita satisfeita. — Alice conteve uma gargalhada.

— Não é um diário qualquer. Além do mais, é o meu diário, e considerando que sou "estranha", isso deveria lhe causar um pouco de curiosidade. Está com receio de que eu o surpreenda?

— De fato, fico ansioso para estar perto da senhorita e me surpreender com algumas de suas sandices — ele sorriu, mas logo se deu conta do que acabara de falar. Alice encontrou seu olhar e apreciou os lindos olhos azuis, iluminados pela claridade do dia, e sentiu em seu ventre uma necessidade de aproximar-se dele. Sua boca ficou seca, e seus olhos passeavam entre os olhos daquele homem e sua boca farta, agora rígida em uma linha tênue. Ele a estava encarando de uma forma como ela nunca havia visto um homem fazê-lo em sua direção. Ela o queria para si, e aquilo era impossível. Sabia que apesar de ter sido gentil agora, ele tinha aversão a ela. Ele já havia demonstrado isso antes.

— O senhor não precisa ser gentil comigo. Sei que não aprova meu comportamento e a todo o momento me critica. Aprecio a sinceridade, por isso não há necessidade de portar-se de forma alheia ao que deseja. — Richard expressou surpresa.

— Lamento muitíssimo se tenho demonstrado desafeto pela senhorita. Espero que entenda que não é nada pessoal. Eu sou assim.

— E sempre foi assim?

Ele lhe deu um sorriso débil, entendendo que Alice estava indo muito além do que qualquer outra pessoa já fora com ele. E ele decidiu desviar o caminho.

— Não disse que leria um trecho do seu diário?

Alice sabia que havia algo de errado com Richard. Sua expressão sempre anuviada e sombria escondia algo doloroso.

Começou a ter a impressão de que um dia já fora feliz. Ela abriu o caderno e escolheu um trecho que não comprometia em nada sua origem.

— Claro. — E ela começou a exprimir sua sensação através das próprias palavras: — *"Em Londres encontrei toda a suntuosidade que já esperava"*— ela o fitou, quando ele lhe enviava um olhar de quem diz: *"Não disse?"* então continuou: — *"O que mais me atraiu, no entanto, foi a socialização com as pessoas de todas as classes, quando pude notar a gigantesca diferença entre elas. Embora as pessoas sejam cordiais e suas palavras transmitam toda polidez da época, sinto em seus olhos a falta de sinceridade que permeia a sociedade do século XIX"*. Perdoe-me, creio que não foi o trecho mais adequado — pigarreou, mas continuou antes de dar espaço à réplica de Richard. E mal ela sabia que já tinha atraído sua atenção. — Vou ler um trecho que acabei de escrever: *"Em Gloucester minha visão se aflorou. Os lindos campos refletem a calma e a sobriedade do lugar. Um verdadeiro reino de paz. Se não fosse de onde sou, juraria que aqui era meu lugar. O sol subindo pelo céu azul e limpo, a relva verde ainda úmida serpenteada ao redor das lindas e fartas mudas de lavanda. E o cheiro me dá a ideia de como pode ser o paraíso"*— ela parou a leitura, inspirou e expirou profundamente o ar, sorrindo e de olhos fechados.

Richard apreciou a visão com a qual ela lhe presenteava, e respirou fundo também com o desejo de encontrar o paraíso com a ideia de suas palavras.

— Não é um diário comum.

— Não poderia esperar que me dissesse outra coisa. Até que tem me surpreendido também. Era para parecer mais técnico e acadêmico, e não tão pessoal. — Alice sorriu de relance.

— A senhorita me intriga. O que está fazendo comigo?

Alice fitou Richard e notou que ele estava muito perto. Ele elevou devagar sua mão e tirou uma folha que lhe caiu sobre uma mecha de seus cabelos. Mas não se conteve quando os tocou. Sua mão desceu até alcançar-lhe o rosto, notando como era macio e sedoso. Seus olhos a fitavam e sentiu um calor percorrer suas entranhas e uma necessidade de tocá-la em todo o corpo. Uma carência de ter seu corpo próximo ao dela como se aquilo fosse essencial para sua existência. Ela demonstrava sinais de que precisava daquele toque. Sua mão percorreu a linha de sua boca, e ela a abriu com delicadeza. Sentiu sua respiração na ponta de seu dedo e seus batimentos mais fortes quando correu o olhar por seu pescoço. Sua respiração acelerada lhe afetou em sua rígida tensão ganhando volume sob suas roupas. E então ele a beijou como se ela fosse a única mulher da face da Terra. Como se ela fosse o reino de paz que ela acabara de citar. Seu beijo se tornou cada vez mais urgente. Sua língua tocou a dela sem timidez, e ela lhe retribuiu com todo ardor, sem demonstrar recato, e isso não o surpreendeu. Ele a ouviu sussurrar seu nome em sua boca, o que o deixou extasiado de prazer, e um pequeno gemido saindo de sua boca o fez perder o controle. As duas mãos que lhe seguravam o rosto firmemente ficaram pouco tempo ali. Elas desceram pelas costas de Alice e logo ela se deu conta de qual seria sua intenção. Richard afrouxou sua roupa e seu corpete e uma de suas mãos correu para frente do vestido. Alice sentiu seus dedos rígidos acariciando seus ombros até passarem pela barreira das roupas e encontrarem seu seio. Sentiu o bico do seio intumescido, pressionado por sua mão que lhe atiçava com suaves pressões. A boca de Richard correu para seu pescoço, e involuntariamente Alice elevou a cabeça para lhe abrir mais espaço. Richard percorreu sua língua por toda a extensão do pescoço nu, descendo devagar os beijos, causando tensão em Alice, que gemeu mais uma vez para delírio de Richard. Mas em um impulso de honra que lhe restava, Richard se afastou agilmente e levantou-se retesado em sua postura habitual. Alice observou sua expressão escurecer novamente, enquanto ele urrava passando a mão pelo cabelo. Ela viu o volume protuberante entre suas pernas e sabia que ele a desejava como ela a ele. Mas estava tão surpresa com o que acabara de acontecer, que ainda se refestelava com suas sensações de prazer.

— Não podemos mais ficar sozinhos.

— Por que não, Richard? — E ouvir seu nome na boca dela lhe acentuou o desejo, deixando-o mais torpe e indignado.

— Não vê o que acabou de acontecer? Eu quase a desonro e age como se nada tivesse acontecido? — Sua voz tremia com a raiva latejando no peito, quando Alice se levantou e foi em sua direção.

— Claro que aconteceu alguma coisa, e estou tão surpresa quanto você. Mas... eu gostei.

— Senhorita, eu não tenho nada para lhe oferecer!

— Eu não quero nada em troca, se está falando em compromisso — Alice bradou se descontrolando de vez, mas ele não lhe deu espaço. Desatou a corda de seu cavalo e em segundos cavalgou em sentido à casa, enquanto Alice ficou ali, repassando o que acabara de ocorrer. Estava fascinada e de certa forma sentia-se livre para seguir suas emoções, justamente numa época em que o decoro e a prudência lhe eram mais exigidos. Aquilo era muito gozado. Sabia que Richard a desejava, mas seu senso de honra não permitia que seguisse em frente. Porém, ela não se importava com que ele a tivesse por inteiro, muito pelo contrário: ela queria aquilo. Queria que ele soubesse que desonra para ela era obrigar alguém a fazer algo sem sua concordância. Queria conhecê-lo melhor, entender os seus tormentos e o que lhe causava todo aquele torpor. Porém, sabia que muito em breve eles não se veriam nunca mais. E isto lhe bastou para frear suas expectativas. O melhor seria manter distância. Ele estava certo. E sabia que assim ele o faria da mesma forma, como um rato foge de um gato. Precisava agilizar o aluguel de uma residência para Max e ela. Iria agora mesmo falar com seu irmão.

VII

Alice estava entorpecida pelo ar revigorante do campo aliado ao forte desejo sentido horas atrás. Quando entrou na residência da família Harrison foi abordada pela senhora Stuart, que a acompanhou até a porta do escritório onde estavam Alexander e Max. Quando a governanta se afastou, Alice notou que a porta estava entreaberta, e antes que batesse, ouviu algo que lhe chamou atenção:

— Max, a mesma casa que meu pai alugou para o seu, anos atrás, vizinha à nossa propriedade pode ser utilizada por vocês. É a minha residência principal e vocês poderão permanecer lá por quanto tempo precisarem. Decidi que ficaríamos na propriedade de Richard por enquanto, para que ele se acostume com a ideia e para que não corramos o risco de ele correr daqui enquanto não estou por perto. Temos empregados que poderão lhes dar todo suporte, mas não acha prudente arrumar uma dama de companhia para sua irmã?

— Não creio que seja necessário. Certamente ela iria assustar a pobre coitada com suas conversas. Agradeço por sua gentileza e cordialidade.

— Acha que ela se lembrará de algo?

— Não sei como ainda não lembrou. Confesso que ontem quando adentrávamos em sua propriedade, seus olhos pareciam se recordar de algo, mas ela nada falou. Talvez ela fosse realmente muito pequena, e não lembre. Assim será melhor.

Alice, que estava à beira dos nervos não conteve sua ansiedade e adentrou no aposento, empurrando a porta com força. Os olhos de Max e Alexander se voltaram temerosos a ela, quando a porta irrompeu e ruidosamente se chocou contra a parede.

— Nós já estivemos aqui antes? — ela berrou.

Max correu e fechou a porta.

— Shhhh. Quer que todos saibam?

— Que pelo menos eu soubesse já seria suficiente, não acha? Por que não me disse, Max? Eu sabia que algo me era familiar aqui. E quando eu era criança e insistia que sentia saudades de correr pelos campos, vocês sempre me diziam que eu sonhava com isso. Então não era um sonho?

— Acalme-se, Alice. Papai pediu que não lhe contasse, e que um dia você entenderia tudo isso — Max falava com a calma que desejava transmitir à irmã. O que foi em vão. As palavras que Alice proferia saíam sorrateiramente e agilmente de sua boca, o que deixou Alexander novamente perplexo com a ousadia da moça.

— Certamente este dia chegou, mas não consigo entendê-lo. — Alice sentiu seu rosto quente, e sabia que estava a ponto de cair em lágrimas. Alexander ficou estático, enquanto Max a abraçava. — Estou me sentindo traída.

— Não deve se sentir desta forma. Perdoe-me, irmãzinha.

E como em um lampejo, ela se desvencilhou, olhou em seus olhos e lhe perguntou:

— E Tom? Não era um amigo imaginário, era? Ele existiu?

— Eu não sabia sobre ele, mas mamãe me contou. Ele não era imaginário.

— De quem estão falando? — Alexander interrompeu. E Max lhe deu atenção.

— Quando viemos para cá em 1825, Alice tinha só cinco anos, mas passava o dia investigando os arredores e percorrendo a propriedade vizinha. Era sempre acompanhada de nossa mãe, mas certa vez, quando visitava um de seus lugares preferidos, conheceu um menino, que fora muito gentil com ela, segundo nossa mãe. Ela o chamava de Tom. Nossa mãe não falou muito sobre isso, mas quando voltamos para o futuro, Alice não parava de falar nele. Meus pais foram obrigados a mentir e lhes dizer que era um amigo imaginário. Obviamente no tempo em que estivemos aqui, ela não sabia que estávamos no passado. Você há de convir que é algo perigoso de se falar para uma criança, pois corre-se o risco de os comentários se espalharem.

— Certamente — Alexander falou, enquanto Max continuava. E para Alice, ouvir aquilo despertou-lhe uma vaga lembrança sobre seu passado. Ouvir sua história saindo da boca de seu irmão só fez aumentar seu desespero.

Max a viu sair correndo da sala, mas a deixou ir. Alice correu até a senhora Stuart, tentando parecer calma e lhe perguntou onde ficaria o lago que cruzava a propriedade vizinha com aquela. Após a governanta lhe indicar o local, ela saiu em disparada. Correu tanto que sentiu o rosto gelar com o vento cobrindo sua face. Quando avistou o lago ao longe, apressou o passo até que, bastante ofegante, arqueou o corpo, com as mãos nos joelhos e respirou com dificuldade. Aquelas roupas em nada ajudavam sua determinação. Quando se recompôs, ajustou a postura e caminhou até se aproximar da água. Era como se lembrava. E lá estava ele. Richard. Ele não a viu chegar. Estava sentado de costas com um graveto na mão, riscando o chão de maneira desordenada e com o olhar fixo. Alice sabia que seu pensamento estava longe, e começou a esperar que fosse nela.

— Tom?

Richard se virou e a encarou. Ela estava suada, seus olhos brilhavam e estavam banhados em lágrimas. Estaria ela chorando pelo que ele lhe havia feito? Deus, aquilo o atormentava. Ele se levantou com agilidade.

— Por que me chamou assim? Está chorando, senhorita?

— É você, Tom? — Ela lhe sorriu, e uma lágrima caiu sobre seu rosto. — Agora entendo: Richard Thomas Harrison, o meu Tom.

— Do que está falando, senhorita? — ouvi-la dizendo que ele era seu o atordoou.

— Tem que se lembrar de mim. Faça um esforço. Aqui, no lago, ou no campo de lavanda, ou no estábulo. Quando éramos crianças. Não era um sonho!

A princípio Richard achava que Alice havia surtado. Mas foi buscar na memória de sua infância, e em um lampejo de lembrança encontrou sua pequena amiga que lhe acompanhava pelos campos. Mas ela se fora. Seu pai havia dito que ela não voltaria mais.

— Alice... Eu lembro, mas...

Ela não se conteve e correu para abraçá-lo. Para Richard ela não havia significado tanto, mas lembrava de sua presença, de seus cachinhos dourados balançando como pequenas molas quando ela corria. Ele sentiu o corpo dela tocar o seu, seus braços o envolvendo, rodeando os ombros até suas mãos alcançarem o meio de suas costas. Ainda estava se recuperando do fogo que ardia em seu peito e em seu corpo. E tê-la nos braços agora, sentir o aroma de seus cabelos que tocavam o seu rosto, e a pressão do corpo dela contra o seu, aumentou ainda mais o seu desejo. Ele a abraçou em retorno e sentiu suas mãos tremerem sobre suas costas. Ela deu um passo para trás, e ele notou que seu rosto estava coberto de lágrimas.

— Sabia que você não era imaginário. Meu Deus, era você. Perdoe-me pelo abraço. O senhor não poderia imaginar o que representou em minha vida. Mesmo quando eu era ainda muito pequena. Não imagino por que meu irmão me escondeu isso — e enquanto ela falava coisas que não lhe faziam muito sentido, Richard ousou enxugar uma de suas lágrimas, trazendo-lhe todo o desejo à tona.

— Desculpe, não podemos ficar aqui juntos. — E quando ele se virou para afastar-se, ela gritou:

— Por favor, fique. Não me negue isso. Só quero conversar.

Aquilo pareceu a Richard como uma súplica. Aquela mulher que sempre demonstrava muita segurança e força, agora deixava transparecer tanta sensibilidade e fraqueza.

— Isso não pode continuar.

— Do que tem medo, Richard? — E quando ela notou que ele iria proferir palavras duras, se adiantou: — Não brigue comigo.

Os olhos de Richard suavizaram, porém ela percebeu que estavam confusos e pareciam enfrentar uma grande batalha.

— Perdoe-me, não posso ficar aqui. — Subiu em seu cavalo e a deixou. Seu corpo trotava sobre o cavalo, enquanto o animal corria em alta velocidade para sua casa.

Alice tirou os sapatos e molhou os pés na água. Sabia que não seria fácil aproximar-se de Richard, mas ela o queria. E sua ansiedade só aumentava quando lembrava de que dentro de meses seu irmão e ela iriam embora para nunca mais voltarem. Decidiu que aquele episódio não poderia abalá-la. Estava ali para cumprir com uma missão importante para sua carreira e sua vida, e iria aproveitar ao máximo, com ou sem Richard.

Os próximos dias se passaram sem que Richard e Alice se encontrassem. Ela e Max se mudaram no dia seguinte para a propriedade vizinha, e, acompanhados de Olivia e Alexander, foram até o vilarejo para alugar uma carruagem e conhecer os arredores. Passava a maior parte do tempo com Olivia, que era muito discreta, e mesmo tendo muitas perguntas sobre as esquisitices de Alice, demonstrava não dar muita importância. Alice se deu conta de que ela era uma mulher forte, e que tinha Alexander nas mãos, mesmo sem ele notar. Era gozado que os homens da época pareciam tão imponentes e de postura firme, mas ao mesmo tempo tão sensíveis ao lado de quem amavam. Certa vez Olivia lhe confidenciou que era muito afortunada por ter um casamento suportado por amor. A maioria dos casamentos da época não era firmado por sentimentos, mas sim por interesses. Alice acabou apreciando e respeitando muito mais o casal por causa disso. As semanas se passaram e a amizade das duas só aumentou. Olivia ensinou a Alice alguns truques sobre costura, mas sabia que ela não levava muito jeito para tal atividade. Tentou a pintura, e logo notou que com traços tão firmes com o pincel o melhor seria desistir. Mas nas poucas vezes em que Alice ia à sua casa e sentava ao piano, percebia que ela tinha o dom. A convidada tocava músicas as quais Olivia nunca ouvira antes, mas que soavam bem aos ouvidos. Obviamente Alice nunca compartilharia que se tratavam de músicas do futuro.

Todas as manhãs, logo cedo, enquanto todos ainda dormiam, Alice vestia calças e um sapato que comprara em Londres como algo que se aproximava a um tênis. Tinha a sola de borracha, recém-importado dos Estados Unidos, mas que em pouco se assemelhava aos tênis que usavam no futuro. Ela saía cedo para praticar a corrida e percorria a grande propriedade até o lago e retornava. Fazia o percurso algumas vezes, até se sentir cansada. Poucos a viam naqueles trajes. Mas como fazia questão de tratar os empregados com toda cordialidade, dignidade e amabilidade, eles lhe eram fiéis e guardavam seus comentários. Ademais, com o tempo, foram se acostumando.

Há dias Alice não via Richard. Aquilo a consumia, mas não havia o que se fazer. Sabia através dos comentários do irmão que ele estava cada vez mais comprometido com o trabalho. Após o episódio em que Alice descobriu que haviam estado lá anteriormente, Max se sensibilizou e lhe atualizava sobre os avanços que vinha tendo com Alexander e Richard. E lhe dissera que um dos motivos de terem ido até lá era ajudá-los com seus negócios. Alice só não entendia o porquê, e cada vez que ela o pressionava, Max lhe dizia para ter paciência. Ela decidiu aguardar.

Max lhe dissera como Richard estivera entusiasmado com as ideias que ele sugeriu para expandir a criação de ovelhas, com finalidades que iam desde ao consumo da carne e do leite, até o uso da lã para exportação nas recentes indústrias de vestuário e calçadista que se multiplicavam por Londres. Só agora Alice notara o quanto dedicado Max fora em suas pesquisas e estudo. Não imaginava quanto tempo ele perdera para aprender tudo aquilo. Quando fizeram a viagem no tempo, ele trouxera consigo uma pasta com muitos documentos. Agora Alice sabia a que se referiam. Max ficava o dia na propriedade de Richard, enquanto Alice passava seu tempo percorrendo ambas as propriedades, ou na companhia de Olivia. Com tanto espaço, ela decidiu que precisaria aprender a cavalgar. Apesar de gostar de caminhar, estava se tornando cada vez mais difícil ir adiante do que já fora.

Já era maio, e cada vez mais envolvida nas atividades do passado, Alice estava ansiosa para sair um pouco. Agora compreendia por que as moças da época tinham tantas expectativas por um baile. Não que Alice quisesse frequentar algum, porém, queria ver mais pessoas, conhecer outros lugares, ter mais liberdade para explorar a região e a cultura local da época. Ficou extasiada quando Olivia lhes convidou para acompanhá-los ao evento anual da "Corrida do Queijo" que ocorria nas Colinas de Cooper´s Hill. Já ouvira falar de tal evento, que ainda era mantido no século XXI, e estava entusiasmada para ver vários homens em seus trajes de época correndo atrás de queijos redondos que rolavam pelas colinas abaixo. No século XIX as mulheres não podiam participar, não fosse isto Alice se aventuraria e teria grandes chances de ganhar, devido à sua prática com a corrida. Mas sabia que seria impossível. Mais ansiosa ficou quando se deu conta de que veria Richard.

Alice se arrumou de modo elegante. Com novos trajes recém-adquiridos, olhou-se no espelho, aprumou o chapéu em sua cabeça e gostou do que viu. Já estava habituada aos vestidos da época. Ao chegarem ao local em sua carruagem, Max e Alice foram bem recebidos pelo aglomerado de pessoas que já se juntavam próximo às colinas. Instantes depois, Max foi convidado a caminhar com alguns moradores do vilarejo para que lhe explicassem como o evento funcionaria.

— Por favor, Max, traga informações interessantes para meu doutorado. — Era a orientação que Alice sempre dava a Max. Certamente, por ele ser homem, tinha muito mais oportunidades para conhecer a realidade local do que ela, que era mulher.

Alice postou-se sob uma árvore e logo algumas jovens damas a rodearam para lhe fazer companhia. Alice aproveitou o momento para ouvir todos os comentários.

Em instantes notou que a carruagem dos Harrisons se aproximava, e viu como as jovens mudaram a postura ao comentarem que Sir Harrison, o capitão da Marinha Real, estaria ali e era solteiro. *"Céus, elas eram todas desesperadas por homens. Ou melhor, desesperadas por compromisso e casamento, de preferência, um 'bom casamento'".* Isso a fez sorrir. Mas quando viu Richard, seu coração pulsou tão forte que se surpreendeu que ninguém mais estivesse ouvindo as batidas em seu peito. E seu orgulho foi afagado quando seus olhares se encontraram e ela notou que aquilo o deixava desconcertado, tanto quanto ela estava agora.

Enquanto as moças se dispersavam, Alice notou que Olivia e Alexander foram arrastados por alguns moradores locais para lhes apresentar outras pessoas e para lhes indicar o melhor local para se estabelecerem ali. E Alice se surpreendeu quando Richard foi em sua direção.

— Senhorita Robinson. — Ele fez uma mesura.

— Sir Harrison. — Deu-lhe a mesura em resposta.

Enquanto Richard correu o olhar pelo local, Alice acompanhou suas feições suaves, que neste momento estavam estampadas em seu rosto, e isso a agradou. Ela sorriu e percebeu o quanto ele era bonito e lhe atraía.

— Não lhe parece anormal um bando de homens correndo atrás de um pedaço de queijo? — Ela sorriu sabendo que seu senso de humor estava bom.

— De fato, é inusitado. Mas engraçado, não acha? — ela retrucou.

Ele a fitou e deixou seus olhos percorrerem seu rosto.

— Está linda!

Alice já havia sido elogiada diversas vezes. Mas desta vez pareceu tão profundo, respeitador e sincero, que isso a fez corar. Ele sorriu, e ela soube o que se passou na cabeça dele, e ficou mais envergonhada ainda.

— Obrigada! Acho que estou aprendendo os costumes com as jovens locais. Imagino que tenha ficado ruborizada.

— Que tal um passeio? O dia está lindo!

— Certamente. Mas não fugirá de mim me deixando sozinha como tem feito ultimamente, vai?

— Não fujo da senhorita. — Ele lhe lançou um olhar enraivecido, enquanto começavam a caminhar para distante dali.

— Por que é tão difícil ouvir a verdade? Por que tem agido desta forma?

— Já lhe disse, senhorita, eu sou assim.

— Sabe, já estou ficando um pouco irritada com *senhorita* e *senhor* o tempo inteiro. Seria tanta falta de decoro se nos chamássemos pelo primeiro nome?

— Isso seria muito inadequado.

Alice sorriu.

— Por que sorriu?

— Acho que se eu lhe falasse tudo o que quero, o senhor certamente me teria como a pior das mulheres. — Ele sorriu de volta, angustiado com essas palavras que lhe causavam arrepio pelo corpo.

— Não sabe onde está se metendo, senhorita.

— E por que não me dá uma luz?

— Creio que seja melhor voltarmos.

— Está fugindo de mim de novo. — Alice fechou o cenho.

— Não fale sandices. — Ela sabia que estava levando Richard ao seu limite.

— Mal saímos de lá e já quer retornar. Do que tem medo?

Ele a empurrou encostando suas costas contra uma árvore, longe da vista dos demais. Com ira nos olhos aproximou seu rosto e a encurralou com seus braços como um arco, pousados sobre o tronco da árvore. Ele viu novamente como ela se amedrontou com seu ato brusco e indelicado. Sentiu sua respiração ofegante, o aroma de seu hálito sobre seu rosto.

— Está vendo? Eu a amedronto. Não sabe quem sou, em quem eu me tornei. Merece um homem melhor. Eu não posso dar nada em troca à senhorita. Nada honroso, que é o que merece.

Ouvindo as palavras de Richard, Alice sentiu seu medo se esvaindo. Ela não admitiria mais que o pavor que a acometeu anos atrás a privasse das sensações que surgiam quando estava na presença de Richard. Aquilo bastara. E ele não lhe faria mal. Disso ela tinha certeza. E quando ele bradou a última palavra, ela avançou o rosto em sua direção e o beijou. Ele não tinha forças para se desvencilhar e aceitou o beijo que lhe era imposto. Ele sabia que estava perdido, e que algo deveria ser feito. Mas precisava a todo custo privá-la de qualquer desonra, e ali onde estavam havia um risco iminente de alguém encontrá-los em uma situação nada decorosa. Mas sentir o corpo dela contra o seu era tudo o que queria. Ela não lhe parecia tão inocente. Seus beijos eram ardentes e experientes. Mas em um instante seus pensamentos tomaram outro rumo: *"quem a teria beijado, ou, quem poderia ter passado dos limites com ela?"*. Isso o arrancou de seu estado de prazer e ele se afastou.

— Precisamos conversar. Não agora. Não aqui.

Ela simplesmente assentiu e sorriu.

Caminhando lado a lado, havia tanto que Alice queria lhe dizer, mas sabia que suas palavras poderiam provocar o oposto do que queria receber em troca, e isso a fez calar-se. Ela notou que havia sofrimento em Richard e que de alguma forma, ela lhe causava alguma dor, e isso ela não entendia e não sabia como lidar. Não poderia ser só a falta de decoro ou a desonra. Devia haver algo mais, e ela iria descobrir. Quando chegaram ao local em meio à multidão, Richard se afastou e Alice se aproximou de Olivia, que fingiu não ter notado os dois juntos. Ali ficou com sua amiga até o término do evento. Alice não conseguiu se concentrar em muito do que viu. E a todo o momento ela olhava em direção a Richard, que estava agora com Max e Alexander.

— Imagino que esteja confusa em relação a Richard.

— O que disse? — Alice fingiu consternação.

— Refiro-me a seus sentimentos por Richard. — Olivia a fitou e Alice suavizou.

— Está tão óbvio assim, Olivia?

— Para mim que já lhe conheço um pouco, sim. Não sei como seu irmão ainda não notou, ou imagino que já teria tido certo problema.

— O que há com ele? Por que é tão mal-humorado? Ele sempre foi assim?

— Richard era um homem desejado por todas as mulheres. Era gentil, sensível, simpático e muito galante.

— Parece que está descrevendo outra pessoa.

— Ele mudou muito quando retornou da guerra.

"*A guerra! É claro!*" Alice não se perdoou por não ter pensado nisso antes. E quando ela mencionou no baile sua aversão à Guerra do Ópio, a reação dele foi severa e abalada. Sabia que muitos homens voltavam da guerra transformados em outras pessoas. Alguns nunca mais conseguiriam ser os mesmos. E ela sentiu um forte aperto em seu coração. Ele, claro, não era mais o seu Tom, e isso deixou de ser uma brincadeira de crianças há muito tempo. Mas o sentimento doce e puro que existia em seu peito era sincero. Antes amizade e afeto, agora ela nutria um sentimento mais profundo e ardente.

— O que posso fazer para ajudá-lo?

— Quem sabe? Todos já tentaram. É uma busca constante de sua família. Parece em vão. Já se passaram três anos que retornou da guerra, mas não mostra nem sinais de melhora. A última tentativa de Alexander é entregar-lhe a propriedade. Alexander crê que tendo um ofício que lhe ocupe o tempo, ele poderá melhorar. Porém, embora eu veja todo o esforço que Richard demonstra em aprender com Alexander e seu irmão, aquela tristeza permanece enraizada em seu olhar.

Alice ficou calada e bastante triste com o que ouvia. Seus pensamentos novamente foram interrompidos por Olivia.

— Alice, diferente de Alexander, eu creio que só uma coisa possa fazê-lo voltar a si.

— E o que seria isso?

— O amor.

— Mas a sua família o ama, e ele não reagiu.

— Ele não deixa ninguém entrar em seu mundo de dor. E creio que com a paixão e o amor de uma mulher, algo possa mexer com sua estrutura. Está disposta a isso?

— Olivia, está sugerindo que eu o seduza?

— Que bom que soube ler nas entrelinhas — e as duas gargalharam atraindo os olhares da família, mas logo disfarçaram —, sei que são de um lugar bem diferente do nosso. Alexander não me diz tudo, mas não sou boba. E sei que é muito esperta. Mas se precisar de ajuda no jogo da sedução, eu posso ajudá-la.

— Olivia!!! — As duas disfarçaram a risada. — Creio que sei o que devo fazer. — Alice estava surpresa por saber que nem tudo o que lia a respeito das mulheres da época era real. Elas tinham seu valor.

— Muito bem, mas, embora esteja lhe dando apoio, não quero vê-los sofrer depois que se forem.

— Também tenho medo, Olivia. Mas temo que se não fizer algo agora, vou me arrepender para o resto de minha vida.

— Está certo. Farei o que puder para ajudá-los.

VIII

No dia seguinte, Alice despertou cedo para sua caminhada. Precisava planejar uma estratégia de aproximação com Richard, e não sabia exatamente como iniciar este trajeto. Vestiu suas roupas de corrida e seguiu para o percurso habitual. Estava tão perturbada que forçou o ritmo e duplicou o treino do dia, e por fim, decidiu refrescar-se no lago. Ainda era muito cedo e não havia ninguém ali. Alice tirou as roupas, ficando somente com sua roupa íntima do século XXI, e entrou no lago. O sol estava subindo devagar, mas a água ainda estava bastante fria. Alice logo se arrependeu de ter se aventurado com o corpo suado e quente. Então decidiu nadar para expulsar o frio.

Richard sabia que precisava conversar com Alice, mas iria postergar o quanto pudesse. Já não conseguia mais se afastar dela, mas estava claro que aquilo não daria certo. Em algum momento ele iria perder a compostura. Sabia que sua vida não era mais a mesma. Ela era uma jovem tão inteligente que necessitava encontrar a felicidade em alguém bom, e ele não poderia ser a pessoa que daria isto a ela. Caminhando por sua propriedade, estava distraído até chegar à beira do lago. Parou instantaneamente quando se deparou com roupas largadas aos seus pés e ergueu a cabeça. Calças e sapatos incomuns. *"Haveria um homem por ali? Talvez algum cavalariço ou servente tivesse se aventurado a nadar?"*. Antes que firmasse os olhos na água, foi surpreendido com uma voz melodiosa e já conhecida. Sabia que se tratava de Alice.

— O que faz aqui? — a voz feminina ecoou.

Richard não podia acreditar. Era Alice na água. Seu corpo estava escondido pelas águas escuras do lago, a água brilhando com os fracos raios de sol que espelhavam o rosto dela, que estava agora assustado e luminoso. Só em saber que a moça estava sem roupas, uma familiar sensação lhe percorreu o corpo. Mas ele logo afastou o pensamento.

— Argh, senhorita, não sei onde chegará com sua falta de decoro. — Sua expressão natural já era firme, então Alice não soube pela distância, se ele havia se irritado com a situação ou não.

— Nunca tem ninguém aqui a esta hora.

— Está sugerindo que faz isso com frequência?

— Não! Foi só hoje, eu acabei forçando o treino e tive muito calor. Senti a água me chamando.

— Céus. Do que está falando?

— Eu corro todo dia de manhã. Por favor, vire-se, vou sair.

Richard não podia acreditar. Virou-se ouvindo o movimento do corpo de Alice contra a água e fechou os olhos impacientemente com os pensamentos que lhe ocorriam. Decidiu que falar amenizava a dor que começava a sentir em seu membro rígido.

— Como se atreve a nadar sem roupas em um local aberto?

Alice sentiu que poderia começar sua estratégia de sedução agora.

— Eu não estou nua. Estou com minhas roupas íntimas.

Aquelas palavras: "nua" e "roupas íntimas" acenderam ainda mais o fogo que lhe ardia pelo corpo. Alice notava seus movimentos e percebeu que ele nada falou, mas moveu-se de forma desconfortável.

Alice vestiu-se rapidamente, tentando pensar em novas estratégias para conquistá-lo e libertá-lo daquele estado de nervos, porém, logo foi dominada pela timidez, quando suas vestes se colaram ao corpo e percebeu que poderia estar em apuros.

— Senhor, minhas roupas se colaram ao meu corpo. Não sei se devo ir-me ou pedir que se vá.

— Deus! Tome meu colete, não vou deixar que saia por aí se exibindo. — Ele tirou seu colete e jogou para trás. Alice o vestiu rapidamente.

— Obrigada! O senhor já pode se virar.

Qualquer intenção de cobrir seu corpo foi minada quando ele a fitou. Apesar de o colete ter protegido boa parte de seu busto, ela estava de calças, o que lhe mostrava claramente as curvas de seu corpo. Seus cabelos compridos e molhados, pingavam com tal velocidade que ensopavam o colete.

Ela deu um passo em sua direção, notando claramente em seu olhar o paradoxo que se instalava. Sabia que ele poderia fugir a qualquer momento, então tomou um caminho diferente. Ela sentou-se ali mesmo de frente para o lago, e aguardou ansiosamente que ele fizesse o mesmo. E enquanto aguardava, ela falou:

— Disse que precisávamos conversar.

Passaram-se alguns segundos e Alice imaginou que ele pudesse estar considerando suas possibilidades. Ela fechou os olhos e sorriu quando sentiu que ele sentou ao seu lado.

— Não quero machucá-la, Alice.

— Fico contente que tenha me chamado pelo meu primeiro nome.

— Não é hora para brincadeiras.

— Por que não, Richard? Por que não podemos brincar com as palavras, ter senso de humor e sorrir? É isso que um casal que se gosta faz.

— Não somos um casal. Não se iluda comigo, Alice. Não pode gostar de alguém como eu. Não entende que estará se machucando?

— Eu gostaria de correr o risco! — Ele a olhou surpreso e com os olhos em chamas. Alice não sabia se de raiva ou desejo.

— Não entende que estou a ponto de avançar em você, tirar essa sua roupinha masculina e me perder em seu corpo?

— Entendo!

— E isso não lhe assusta?

— Não, eu também quero isso.

Alice não sabia onde arrumara coragem para ser tão franca e direta.

— Já fez isso antes?

— O quê?

— Notei que seu beijo era experiente. Já deitou com algum homem?

Alice se empertigou, demonstrando-se incomodada com a pergunta.

— Já tive outro homem sim. É disso que se trata? Só sirvo se for uma donzela virgem? — ela bradou.

— Não foi o que eu disse. — Mas seu olhar sério e firme transmitiram a Alice seu desconforto e raiva.

— Certamente pensou.

Ela saiu a passos largos e ele pensou que era o melhor a se fazer. Ele ficaria duas semanas longe dali. Iria para Londres com seu irmão e Max, onde faria a aquisição de uma fábrica de roupas e acessórios, com a finalidade de utilizar a matéria-prima obtida da criação de ovelhas de sua propriedade. Precisava se concentrar nisso. E nas horas vagas, iria a bordéis e ao clube de cavalheiros da Pall Mall, assim não se permitiria pensar mais nela. Embora ele ainda não soubesse que fracassaria.

As semanas se passaram e Alice não pôde deixar de revelar para Olivia a sua derrota com Richard. Ficaria hospedada na residência de Richard enquanto os homens estivessem em Londres. Olivia tentava ocupar o dia da amiga com aquilo que ela mais gostava. Ela a levava até a vila para conversar com os moradores e famílias dos arrendatários das fazendas, e depois a deixava sozinha caminhando pelos campos ou escrevendo, como já lhe era de costume. Semanas se passaram, mas nada parecia acender a vivacidade que conhecera nela.

Certa noite, quando já estava em seus aposentos, Alice se deu conta de que não conseguiria dormir. Seu pensamento dava voltas, mas sempre parava no mesmo lugar: Richard. Estaria ela apaixonada? Nunca se apaixonara de verdade. Alice vestiu seu penhoar, pegou uma vela e se dirigiu silenciosamente à biblioteca da casa. Não era uma biblioteca como a que vira na residência da família em Londres. O aposento era grande, porém aparentava que muitos livros haviam sido tirados de lá. Provavelmente levados para a residência de Londres. Ainda assim era uma boa biblioteca. Arrastou seus dedos suavemente por uma fileira de livros, passando os olhos pelos títulos grafados em suas lombadas. Avançou para a segunda prateleira até encontrar um livro que lhe agradasse. Sentou-se na poltrona em frente à escrivaninha de madeira que ficava na entrada da biblioteca. Tentou se concentrar na leitura, e notou que já lia a mesma linha mais de três vezes, quando ouviu um barulho vindo de fora. E logo em seguida adentrando a casa. Alice se empertigou, fechou o robe e foi em direção à porta. Virou a maçaneta e a abriu. Instintivamente deu um passo atrás e suprimiu um grito pousando a mão em sua boca em sinal de surpresa, deparando-se com Richard à sua frente. Ele cheirava à bebida. Mas ela estava cansada dele e não queria discutir, especialmente se ele não estivesse em seu estado normal.

— Com licença, senhor, vou me dirigir aos meus aposentos.

— Seus cabelos estão soltos. — Alice os tocou em resposta, surpreendida com o comentário.

— Tentava imaginar como seriam. Vejo agora que meus pensamentos não fizeram jus à visão que tenho agora.

Alice olhou em seus olhos. Estavam escurecidos de desejo.

— Está bêbado, não sabe o que diz. — Ela manteve os olhos firmes no par de olhos à sua frente.

— Bebi duas taças de conhaque. Estou pleno de meus atos.

— Não me parece. O senhor foi bastante claro que não pretende em nada comigo. Não entendo por que me elogia se não seguirá adiante.

Ele deu um passo à frente e ela recuou, adentrando mais a sala. Ele a seguiu fechando a porta atrás de si. Voltou a fitá-la e correu os olhos pelos seus trajes de dormir.

— Você me quer, Alice?

Ela não lhe respondeu. Não sabia o que estava acontecendo e não esperava por isso.

— Responda.

— Isso faz alguma diferença?

— Não consigo parar de pensar em você. Não me importo se já teve outro em sua vida. Quero-a agora.

Ele se aproximou devagar, dando tempo de desistir, mas ela não se mexeu. Tocou seus cabelos e os percorreu até à nuca, sentindo os pelos de Alice se eriçarem ao seu toque, e então a puxou para si e beijou-a. Suas mãos eram firmes e desciam pesadas até o contorno do traseiro dela. Quando a trouxe com mais firmeza para si, ela pôde sentir a força de sua excitação. Alice gemeu em sua boca, enquanto seus lábios se moviam impacientemente. Suas línguas se tocaram intensificando o desejo que ambos sentiam.

Ele a encostou delicadamente na escrivaninha, até que ela se sentasse na borda e abrisse as pernas. Ele encaixou seu corpo ao dela com tanta pressão que pareceu a Alice que as roupas não seriam barreira para a junção de seus corpos. Ela estava úmida de desejo, e então o tocou sobre a calça onde o volume e a rigidez se intensificavam. Ele arfou e gemeu. Richard abriu o robe de Alice e o deixou cair. A fina camisola expressava claramente o desejo dela, revelando seus seios intumescidos. Richard gemeu em seu ouvido e tocou um de seus seios sobre a camisola, mas logo encontrou a fina renda no cós, e sua mão por ali entrou até tocar o bico do seio com a palma. Ele a tocou a ponto de deixá-la trêmula e ofegante, enquanto beijava-a na curva do pescoço e fazia carícias com a ponta da língua. Isso a fez estremecer ainda mais. Depois, ele baixou os dedos e desabotoou a frente da camisola até que chegasse à altura de sua cintura, quando escorregou as mãos pelos ombros, forçando a saída do tecido. A camisola deslizou do corpo de Alice e se amontoou em dobras sobre a escrivaninha na altura de seu quadril. Ele não conseguiu se conter e recuou o rosto só a ponto de conseguir admirá-la. Mesmo com a fraca luz da vela, ele pôde ver como ela era maravilhosa. Seu corpo estremeceu com a visão, e lhe causou grande volúpia. Sentindo que ia explodir em instantes, aproximou-se do ouvido de Alice e sussurrou:

— Você é a mulher mais linda e deliciosa que eu já vi. Sabe o que farei com você agora? Primeiro vou beijar seu corpo todo, a começar por aqui — e tocou um dos seios dela, pressionando-os suavemente e fazendo círculos com seu polegar ao redor do mamilo enrijecido, quando pinçou o bico com força, sentindo que Alice tremia sob suas mãos —, depois vou ficar contente em saber que o outro já me aguarda em expectativa, e vou pôr minha boca e passar a língua aqui. — Massageou o outro seio, quando Alice arqueou o corpo inteiro. — Um pouquinho mais abaixo, eu lhe mordiscarei bem aqui. — E pousou sua mão logo abaixo do umbigo dela, quando ela já lhe dava sinais da força de sua libido. Ele então desceu mais a mão. — Só então eu a beijarei aqui... — Tocou-a em seu ponto mais sensível. Ela gemeu com intensidade. — Shhhh... não a deixarei se aliviar agora, pois ainda entrarei em você por aqui. — Penetrou o dedo em seu íntimo. Ela arqueou ainda mais o corpo. *"Era tão apertado e delicioso"*, ele pensou. — Está vendo?! Está molhada, pronta para mim. E já que não serei o seu primeiro homem, ficarei feliz em privá-la da dor, e muito mais feliz em vê-la chegar ao paraíso, cheia de desejo sob meu corpo.

Alice estava fortemente atraída pelo seu toque e pelas palavras. Sentia uma paixão arrebatadora que lhe consumia. Mas ela não poderia enganá-lo, e mesmo sem pensar claramente, com a voz trêmula ela lhe falou:

— Ensine-me. Quero que me ensine. Você é meu primeiro homem.

Richard não diminuiu seus toques e seus beijos que percorriam todo o corpo de Alice. Não pensava mais com a razão. Mas falou debilmente:

— Não brinque comigo, Alice.

Ela não lhe respondeu, claramente tomada pelo desejo, com os olhos vidrados. Até que Richard se empertigou.

— Alice, o que disse?

— Não pare, por favor.

Mas ele a soltou e amaldiçoou fortemente tocando seu membro firme. Alice pareceu acordar de um sonho bom, mas ainda estava em transe e não acreditava no que acabara de acontecer. E por que ele não continuava?

— Richard, me toque, por favor!

— Disse que já tinha se deitado com outro homem.

— Não, eu não disse — ela respirou fundo e fechou as pernas de forma frustrada —, você entendeu mal. Eu lhe disse que já tive outro homem, mas nunca fui para cama com ele. Ele me cortejou, se assim posso dizer. E eu o beijei algumas vezes. Gostava dele, até que um dia... bem, creio que não quer saber nada sobre isso. O fato é que naquele dia no lago, me incomodei por pensar que você só poderia estar interessado em mim se eu fosse... virgem. O que acabei de notar que não é verdade, não é mesmo?

— Tem noção do que quase acabamos de fazer? Por favor, se vista.

— Tenho plena clareza do que quase fizemos, e estávamos nos divertindo muito. Sou uma mulher ciente de tudo o que se passa entre um homem e uma mulher. Não precisa fazer para saber como funciona. — Contrariada, Alice pôs-se a vestir-se.

— Maldição! Tudo muda agora.

— Não muda nada, Richard. — Alice o tocou, mas ele se afastou.

— Não toque em mim, ou terminarei o que comecei há pouco.

— Pois faça isso. — E o tocou de novo. Ele se virou e segurou o rosto dela com as duas mãos, fitando intensamente os olhos.

— O que está fazendo comigo, Alice? Não posso ver sua ruína. E se eu prosseguir com você eu lhe arruinarei. Por conseguinte, me arruinarei mais do que já me sinto. — Seus olhos estavam sem vida. Ele a largou, e com o corpo arrasado se arrastou até o sofá ao lado e sentou-se olhando para o nada.

Alice se ajoelhou à frente e descansou os braços nos joelhos de Richard.

— Fale comigo. O que o aflige? — Ele estava com os olhos vidrados.

— Você merece alguém melhor. Eu matei homens, Alice, de forma cruel e nefasta. Não consigo esquecer quantas vidas tirei por motivos alheios ao que acredito. Eu fui condecorado com medalhas por ter matado pessoas, não compreende como isso é vil?

— Meu Deus, Richard, você cumpriu com sua missão e com as ordens da Coroa. Você representou este país. Não ganhou medalhas por ter matado as pessoas, mas por ter conquistado o que lhe fora determinado a conquistar.

— Você mesmo sugeriu que era contra a guerra. Não me fale palavras doces só para me consolar.

— E sou contrária, mas minha visão é de crítica, historiadora, e nunca imaginei como as pessoas que viveram a guerra se sentem. Perdoe-me pela minha insensibilidade.

— Não peça perdão. Sou um homem acabado. Nunca esquecerei o que se passou. Nunca esquecerei o que fiz. E meu pior pensamento é o de saber do que sou capaz, e isso é terrível. Ninguém deve se aproximar de mim.

— Richard, eu estou apaixonada por você. — Ele se curvou sobre Alice, aproximando seu rosto ao dela.

— Não pode, Alice. Não pode se apaixonar por mim. — As feições de Richard estavam atormentadas.

— Deixe-me fazê-lo se apaixonar por mim também, Richard. — Os olhos de Alice já marejados, lhe suplicavam.

— Não percebe que não há necessidade de esforço para isso? — Alice sorriu e moveu delicadamente seu rosto contra si e o beijou. Mas Richard não poderia agir pelo impulso. — Alice, não posso me comprometer com você.

— Richard, não estou lhe pedindo compromisso.

— Você é casta e inocente. Não posso roubar sua pureza e deixá-la. Deus sabe o quanto a quero e o quanto a desejo, mas não posso corrompê-la. Eu me sentiria o pior dos homens. Por favor, afaste-se de mim, antes que eu não consiga responder pelos meus atos. — Ele se levantou rapidamente e a passos largos deixou a biblioteca sem olhar para trás.

Alice ficou entorpecida com as palavras. Permaneceu ali por mais alguns minutos até ver os primeiros raios de sol adentrarem a janela. Não podia permitir que Richard os privasse do que queriam. Reconhecia que ele havia sido criado desta forma e que isto estava arraigado à sua cultura, mas por Deus, Alice era de outro tempo, e sabia que em dois meses não estaria mais ali. Não podiam mais perder tempo, precisavam viver aquela paixão.

A passos largos, ela subiu as escadas até chegar em frente à porta de Richard. Tolamente, tentou arrumar os cabelos e abriu alguns botões de sua camisola até que aparecessem as curvas de seus seios. Era o momento de usar sua sedução, e não importava mais os métodos que usaria. Vagarosamente girou a maçaneta da porta, sem bater, para não acordar Olivia, no quarto que ficava a poucos metros de lá, e para não permitir dar a Richard a opção de não deixá-la entrar.

Richard chegou em seu quarto e tirou as roupas, ficando apenas com suas calças. Sentou na cama e descalçou as botas. Estava cansado da viagem, mas exausto pelo assunto inacabado na biblioteca. Seu membro ainda latejava, e uma dor o consumia. Precisava confortar-se. Levantou-se para despir as calças, mas quando abriu o primeiro botão, Alice irrompeu no quarto. Ela entrou e se encostou contra a porta que se fechou atrás de si. Ficou com os braços para trás e os olhos fixos em seu peitoral nu. Havia um rubor em sua face. *"Maldição, sua camisola estava aberta"*. Ele podia ver o caminho para seus seios fartos e isso lhe doeu mais intensamente.

Alice o viu de pé sem camisa e despindo a parte de baixo, e aquela visão a excitou. Sentiu seu baixo ventre contrair-se em pensar naquele corpo sobre o seu. Não podia hesitar, e aproximou-se dele sentindo seus batimentos intensificados com o desejo. Sabia que ele a queria, mas era um homem obstinado e íntegro às suas convicções.

— Pare. Por favor, não se aproxime. — Ele espalmou a mão direita no ar e Alice aceitou. Sua expressão era de dor, e ela sofreu com isso. Ele se afastou e Alice acreditava que ele não tinha mais forças para falar. Ele ficou de costas para Alice, apoiou seus braços sobre uma escrivaninha de madeira escura e fosca, e baixou a cabeça. Alice não se moveu.

— Richard, preciso falar-lhe. Há um motivo para que me ache incomum, bizarra ou qualquer outro adjetivo similar. Eu não sou daqui. Vim de um lugar muito distante. Um lugar mais... moderno.

— Alice não tente me ludibriar com suas palavras. Não aceito mentiras. — Alice deu um passo à frente, mas freou.

— Não estou mentindo, Richard! Deus, isso é mais difícil do que imaginava. — Apesar de Alice confiar em Richard, sabia que não poderia trair a confiança de seu irmão. Antes, precisava de sua concessão para contar-lhe a verdade. Decidiu avançar a história ocultando as minúcias. — Por favor, confie em mim e me escute. Não consigo nem mesmo imaginar o que você passou na Guerra, e quando ouso presumir o que possa ter visto, sinto uma dor profunda em ver o seu sofrimento. Sei que nunca esquecerá. Precisa saber de algo mais sobre mim, que eu nunca ousei contar a ninguém. Por vergonha, medo, não sei bem, mas é algo que me amedronta há alguns anos. Eu tive alguém. Seu nome era Aron. Eu era muito nova, tinha 15 anos. Estávamos juntos havia uma semana, e ele tinha a minha idade.

Richard se interessou e virou. Procurou o olhar de Alice, que parecia sem coragem para lhe fitar os olhos. Ela cravou o olhar nas próprias mãos trêmulas e continuou.

— Éramos muito jovens e ele era meu primeiro namorado. Eu dizia para minha mãe que procurava alguém como meu amigo de infância, o Tom. Lembro-me de sua expressão em conflito quando me dizia que era tudo imaginação minha. Agora compreendo o motivo de seu desconforto. Não era imaginação, e ela sabia. — Alice sorriu fracamente.

Richard sentia o coração acelerado com o que estava por vir.

— Aron tinha os hormônios aflorados pela idade, e sempre que ficava a sós comigo, ele tentava algo mais. Mas eu ainda não estava preparada. Ele não era como o Tom. Minhas amigas já tinham muito mais experiência com homens, e eu me sentia deslocada, por vezes até excluída das conversas, e isso fez com que eu me afastasse das pessoas. Meus pais morreram duas semanas depois. Quando mais precisava de apoio, Aron tentou se aproveitar de meu sofrimento e de minha dor, e me levou para sua cama, mas quando ele começou a me tocar... — ela parou e contraiu seu corpo em sinal de aversão — eu não podia. Tentei me desvencilhar, mas ele era mais forte que eu. Fui inteligente e parei de lutar até que ele pensasse que eu estava gostando. Quando tive oportunidade empurrei meu joelho com força em seu lugar mais sensível, de modo que ele se sobressaltou e caiu da cama, contraído e se contorcendo em dor. Corri para a porta, mas ainda tive tempo de ouvir um grito abafado com o gemido de dor: "Porra, sua anormal estúpida!" foi o que ele falou. E desde então me senti anormal, pois parecia ser bizarro procurar alguém que só existia na minha imaginação.

Alice queria, mas não podia olhar para Richard. Caminhou desconfortavelmente pelo quarto e sentiu que o olhar dele acompanhava seus movimentos. Não poderia parar agora. Precisava continuar.

— Penso agora como é gozado que sou diferente em meu mundo por ainda ser uma virgem e também neste mundo por não querer mais ser. Mas o fato é que nunca mais quis me aproximar de homem algum. Agora compreendo que não sou traumatizada pelo que me passou, eu simplesmente tinha aversão a qualquer homem que não fosse você.

Neste momento, como um lampejo, Alice encarou Richard.

— Por Deus, Richard, eu sempre quis você. Você nunca saiu de mim. Eu sei, éramos crianças e eu só o tinha como amigo, mas eu confiava em você. Você era tão amável e paciente. Me deixava acompanhá-lo quando pescava no lago, ouvia minhas histórias de casamentos de reis e princesas e eu lhe acompanhava em suas caças a insetos. Deus, quando me tiraram de perto de você, meu mundo nunca mais foi o mesmo. E no fundo eu sabia que não era minha imaginação, mas ouvir de todos que eu estava errada fazia com que eu questionasse a minha sanidade. Agora tenho você na minha frente. Mas você não consegue se aproximar de mim, e isso dói tanto — Alice soluçou e enxugou as lágrimas derramadas com sua confissão. — Talvez você nunca se recupere das feridas que a guerra lhe causou, mas talvez precise de alguém para fazê-las cicatrizar. E eu quero assumir este papel. Deixe-me entrar em seu coração, Richard. Sabe que temos pouco tempo, em dois meses eu vou embora e você nunca mais me verá. Não há o que temer — ela cruzou o quarto e próxima ao corpo de Richard tocou em seus ombros —, toque-me. Termine o que começou lá embaixo. Eu preciso de você.

IX

Richard relaxou seus braços sobre a escrivaninha pensando no que fazer com Alice. Não tinha mais forças para frear o seu desejo e sua atração por ela. E agora ela estava ali, em seu quarto, falando coisas desconexas. Não era seu desejo machucá-la, mas ela estava ali se oferecendo e ele sabia que ao fim, ambos estariam perdidos por terem ultrapassado a barreira imposta pelo seu mundo. Tinha tantas perguntas. *"Por que seu irmão permitiu que ela tivesse tanta liberdade com um homem? E por que ela falava como se seu mundo fosse adverso ao dela?".* Ele balançou a cabeça e assumiu que ela estava fora de si. Mas estava entorpecido com o que acabara de ouvir. E agora que ela o estava tocando e pedindo que ele a tivesse ali, ele não conseguia mais pensar em nada.

    Richard tocou o rosto de Alice com as mãos trêmulas e a acariciou apreciando os traços delicados, até que seus dedos tocaram a boca dela. Os olhos de Alice eram convidativos e sedutores. Ela entreabriu os lábios e se curvou levemente sugando o dedo indicador de Richard e saboreando-o com sua língua. Ele estava dominado pelo prazer. O sangue em suas veias corria fervilhando seu corpo, indo em direção ao membro vigoroso que palpitava. Ela aproximou seu corpo ao dele e o apalpou sobre a roupa, até que abriu mais um botão de sua calça a ponto de liberá-lo e tê-lo em sua mão. Richard não aguentaria e estava a ponto de extravasar. E ele ainda queria saboreá-la. Em conflito, ele tomou suas mãos afastando-a de sua parte dilatada e as beijou delicadamente. Ele entraria em ação.

Richard a beijou recomeçando sua tortura. Um beijo suave apaixonado que foi intensificado com a agilidade e poder do toque das línguas. Ele recuou poucos milímetros e a encarou. Eles sabiam o que aconteceria. Ele afagou seu rosto e lhe deu a última chance de recuar

— Está com medo? — Ela meneou a cabeça em negativa. Richard beijou sua face e seguiu caminho até mordiscar o lóbulo de sua orelha. Alice ergueu o pescoço em sintonia, abrindo espaço para as novas investidas de Richard. Ele beijou toda a curva do seu pescoço, e com agilidade, desabotoou todos os botões de sua camisola. Ele abriu os olhos e viu que os raios de sol já entravam por sua janela. Fitou as curvas voluptuosas de Alice e saboreou a visão. Ela ficou satisfeita ao ver sua aprovação. Sua camisola caiu ao chão, e ele a puxou contra si e a abraçou.

Alice sentiu o cheiro de Richard. Uma fragrância amadeirada e de suor afetou suas sensações mais primitivas. Ele correu as mãos por suas costas até alcançar o seu traseiro e a trouxe com força até comprimir o seu membro. Ela ouviu um som rouco de sua garganta que a fez se contorcer sob os braços dele. Richard afrouxou o abraço e levou as mãos até os ombros de Alice. E foi descendo-as somente com o leve toque da ponta de seus dedos até alcançarem os seios. Alice queria ser pressionada, consumida, e aquela tensão arrepiou todos os pelos de seu corpo. Richard apertou suavemente o bico rosado e intumescido, deixando-o pressionado entre seu polegar e o indicador. Alice gemeu e Richard fez o mesmo com o outro. Seus seios estavam sendo acariciados e apalpados e Alice sentiu que perdia o equilíbrio quando suas pernas tremeram. Richard substituiu uma de suas mãos pela sua boca. Ele a comandava e dominava todos os seus sentidos. Apesar de Alice saber o que tinha que fazer em resposta, ela não conseguia se mover, só deliciar-se com o que sentia agora. Richard beijou o seu seio e o mordiscou, arrancando um grito sufocado de Alice e logo após o afagou com sua língua rodeando o botão rosado. E quando Alice achou que a tortura acabaria, ele fez o mesmo com o outro seio para seu delírio e exaustão. Ela não conseguia mais respirar, o calor que vinha de dentro a estava sufocando.

— Por favor, Richard! Por favor...

Ele a carregou e a deitou na cama, apreciando mais uma vez a visão que lhe tomava. Quando Alice pensou que ele consumaria o ato, ela tremeu ao notar que Richard beijava o interior de sua coxa, subindo, subindo, subindo, até chegar em sua virilha. Aquilo era demais.

Richard a beijou na origem de sua umidade, pousando a língua sobre o ponto mais sensível de seu corpo, e ali permaneceu com intensidade e vigor. As pernas de Alice tremeram e se abriram ainda mais, sentindo que em breve seu calor seria aliviado. Ela estava a ponto de explodir.

— Richard, Richard...

Ele então introduziu um de seus dedos onde Alice ansiava. Ela sentiu que o intruso lhe acariciava em pequenas estocadas, o que a fez arfar e arquear o corpo, movimentando seus quadris em direção a Richard sem controle algum de seus atos, até que ela explodiu e encontrou a salvação para o fim de sua tortura. Alice estava ofegante e exausta. Olhou para Richard que aproximava seu rosto ao dela.

— Está pronta para mim. Temo que não poderei privá-la de alguma dor, mas prometo que irá melhorar.

Ela sentiu o membro rígido pressionando-lhe a virilha até que Richard o acomodou exatamente onde Alice ansiava. Com uma estocada ele a penetrou.

Ele a fitou e ela lhe parecia alarmada. Ele segurou sua ansiedade e controlou todo o impulso de se mover.

— Está doendo?

— Só um pequeno ardor. Não pare.

E isso bastou para que ele introduzisse o que lhe faltava. Ele não queria machucá-la, mas não pôde conter-se e movimentou-se extravasando toda a ânsia e o desejo que guardava por ela. Ele estava no paraíso. Ela era tão apertada, tão macia, tão deliciosa, e ele explodiria em segundos. Então se libertou de Alice e transbordou sua essência sobre os lençóis. Jogou-se de bruços ao lado dela. Ofegante e relaxado. Sentiu que ela se movia com o chacoalhar da cama. Ele então abriu os olhos para fitá-la. Sua cabeça estava apoiada em uma das mãos, seu corpo estava de lado voltado para ele, e estava sorrindo. A visão mais linda que ele já vira. Ele assumiu a mesma posição ficando deitado de lado, de frente para ela. Ela passou as mãos pelos ralos pêlos que lhe cobriam o peitoral. Ele elevou a mão e afagou o rosto dela.

— Eu a machuquei?

Sorrindo, Alice só meneou a cabeça e fixou o olhar de volta ao seu peitoral másculo e rígido.

— Você realmente acertou aquele calhorda?

Alice deu uma gargalhada.

— Sabia que é a primeira vez que rio do caso?

— Se eu encontrá-lo, acabo com ele.

— Nunca irá encontrá-lo.

Richard assumiu uma postura preocupada.

— Por que me disse tudo aquilo?

— Poderia dizer que foi para seduzi-lo.

— Então não foi? — Eles sorriram.

— Não. Nunca senti coragem ou desejo de me abrir dessa forma com ninguém, a não ser com você — ela o fitou carinhosamente —, e suspeitava de que se confiasse em alguém a ponto de expressar meus sentimentos, poderia de certa forma aliviar as minhas dores. E eu estava certa. Sinto-me melhor e mais aliviada em saber que o motivo da minha falta de interesse nos homens era a falta de algo, ou melhor, de alguém: você. — Alice viu o espanto tomar conta da expressão de Richard, e logo tentou se justificar: — Calma, não estou dizendo que o amo, não se assuste. Como falei, não quero e não preciso de compromisso. — Ele respirou fundo.

— Também me senti bem em falar com você, mas sejamos racionais, não deveríamos ter feito isso.

— Discordo totalmente. E, por favor, pare de se criticar. Não estrague este momento. Você me fez a mulher mais realizada. — Ele sorriu.

— Ah, querida, há tanto que ainda não viu e ainda não sentiu.

— Eu sei, e quero sentir e aprender com você.

— Para mim também foi especial.

— Não brinque comigo. Sei que já teve outras mulheres.

— Mas nunca dessa forma. Com você foi novo... único, diferente.

— Considerando que eu sou diferente, receio que não me surpreendo de ouvir isso de você.

Os dois riram se divertindo com o prazer do momento.

— Creio que já esteja quase na hora do desjejum. Devo banhar-me em meus aposentos.

— Pode banhar-se aqui comigo. — Ele sorriu.

— Só se quiser Olivia batendo em sua porta daqui a alguns minutos. Ela já deve ter perguntado por mim.

Quando Alice buscou suas roupas, passou os olhos pelo lençol.

— Droga!

— O que disse?

— Preciso limpar o lençol.

Richard viu o sangue encrustado sobre a cama. Neste momento tomou uma decisão. Não poderia ser tão patife. Iria desposá-la. Aguardaria seu irmão retornar de Londres e a pediria em casamento. Claro que esta ideia não lhe agradou por completo. Sabia que tê-la em sua cama todos os dias seria formidável, mas seus problemas eram muito maiores. Porém, sabia o que tinha que fazer. E casar com ela era o correto. Manteriam discrição até que seu irmão chegasse. Ele a dispensou de seu quarto com um beijo na testa, informando que não se preocupasse.

Alice foi para seu quarto rapidamente, mas nem um pouco preocupada de que alguém a visse pelos corredores. Não conseguia tirar o sorriso do rosto. Sentia-se uma nova mulher. Não tivera tempo de conversar com Richard para combinarem o que fariam. Provavelmente ele iria querer manter seus encontros em sigilo, mas isso não importava, contanto que pudessem ficar juntos. Notou que não se dera conta de perguntar pelo seu irmão e Alexander. Mas claramente eles não vieram com ele de Londres. Em seu quarto, apressou-se no banho e vestiu-se. Sentiu-se como uma adolescente quando pensou que em instantes veria Richard no café da manhã. Quando tentava inutilmente prender os cabelos em algum penteado tolo, ouviu a batida em sua porta. Era Olivia. Ela a ajudou a arrumar os cabelos e comentou como Alice estava bonita naquele dia. As duas desceram juntas e sentaram-se à mesa.

Olivia, que sempre via Alice comer pouco, se surpreendeu quando a viu desfrutando de pratos variados em seu desjejum.

— Está com fome hoje?

— Ah! Perdoe meus modos. Não dormi bem à noite e isso me causa fome.

— Por isso não fez sua caminhada hoje?

— Sim.

— A senhora Stuart me informou que Richard retornou de Londres nesta madrugada. Mas Alexander e seu irmão ainda não chegaram. Espero que Richard acorde logo, pois já esperava ver Alexander por aqui.

— Está sentindo sua falta, não é?

— Imensamente. — Ambas sorriram uma para a outra, e neste instante Richard irrompeu à porta.

Alice, que estava com a boca cheia, parou de mastigar para apreciar a elegância que lhe era nata. Ele estava... diferente. Tentou analisá-lo e notou que havia um sorriso misterioso em seu rosto. E que sorriso lindo, com uma covinha no canto da boca se sobressaindo.

— Bom dia, Olivia! Bom dia, senhorita Robinson!

E não foi só Alice que notou a mudança em Richard. Olivia o fitou, tão chocada com suas feições, que provavelmente nem se deu conta de que não lhe retornou o cumprimento.

— Tenho fome — pegou um prato e se serviu de um punhado de torradas e torta de salmão —, não dormi bem à noite, e isso me deixou faminto.

Alice engasgou e tossiu fortemente. Olivia se levantou e bateu em suas costas levemente, e quando notou que a amiga já estava recomposta, lhe ofereceu uma xícara de chá. Olivia voltou ao seu assento. Fitou Alice, depois Richard, depois Alice novamente, e sorriu. Alice viu o modo como foram observados e sabia que ela havia entendido. Richard estava tão compenetrado em sua refeição que não notou os claros sinais cruzados pela sala. Alice sorriu a Olivia em resposta.

— Richard, onde estão Alexander e o senhor Robinson?

— Ah, perdoe minha distração, Olivia. Infelizmente eles terão de permanecer em Londres por mais algumas semanas. — Richard arqueou uma das sobrancelhas e fitou os cabelos de Olivia. — Está com uma aparência muito agradável, Olivia. Fez algo com o cabelo?

Olivia sorriu e olhou para Alice que seguramente escondia um sorriso.

— Não se desculpe, Richard. Não obstante, mais me parece que se livrou de seu estado frequente de distração. — Ela sorriu. — Estou contente em vê-lo desta forma.

— Que forma?

Olivia desviou o assunto.

— Por que não puderam retornar com você?

— Ah, os negócios começaram a dar muito certo para nós. Faremos novas aquisições, mas alguém precisava retomar as atividades aqui. E decidimos que seria mais apropriado que eu viesse, já que estou tomando posse da propriedade. Alexander também precisava resolver alguns assuntos no Parlamento. Sabiam que foi identificada uma praga que assola as batatas na Irlanda? Aparentemente isso tem causado alvoroço no mundo. Alexander nos contou que o governo está discutindo se poderão amenizar o problema.

Alice deixou cair o garfo sobre o prato, alarmando a todos com o tintilar. Tinha uma expressão perturbada.

— Perdoe-me. Creio que nada podemos fazer. Muitos morrerão com este episódio terrível. A grande fome da Irlanda. Espero que o poder de seu irmão possa ajudar de alguma forma, o que duvido muito, a história está escrita.

Sem se dar conta, Alice expressou sua emoção e só caiu em si quando Richard e Olivia a olharam incrédulos.

— O que disse? — perguntou-lhe Richard.

Alice gaguejou e improvisou:

— Digo... se a principal fonte de alimento da Irlanda é a batata, obviamente o país será assolado pela falta de alimentos. Apenas conjecturei. — Aquilo pareceu ser suficiente para Richard, que voltou a atenção à sua refeição, embora para Olivia, Alice sabia que não poderia esconder muito. Olivia já encaixara algumas peças e estava à procura de outras para montar seu quebra-cabeça, e Alice dera de bandeja mais uma a ela.

Mas Olivia não se expressou verbalmente. Retornou a Alice com uma leve e educada mesura e voltou os olhos para sua refeição. Suspeitava ela de que hospedavam alguém de uma época muito distante da sua?

X

Após o longo desjejum, Richard pediu licença e se dirigiu aos estábulos em busca de seu cavalo. Iria visitar os arrendatários e continuar o trabalho que haviam começado, além de explicar-lhes as novas técnicas adquiridas com Max.

Alice, que tencionava percorrer os campos e fazer uma visita a uma das famílias de arrendatários, foi interceptada por Olivia, que apesar de sempre discreta, demonstrava agora inquietude e impaciência.

— Ah, Alice, estou tão feliz em ver Richard reagindo. Não vou ser indiscreta, mas o que quer que esteja fazendo, está tendo sucesso.

— Na verdade, acho que estou apaixonada. — Olivia, que mantinha uma expressão suave, endureceu o cenho e fitou Alice de forma contraída.

— Cuidado, Alice. Não gostaria de vê-los machucados. Tenho tantas perguntas, tantas dúvidas sobre seu irmão e você, de onde vocês vêm. Mas já entendi que não devo me envolver. Porém, certamente Richard não será tão paciente como eu, e já deve estar desconfiando de algo.

— Eu sei, Olivia. Não quero enganá-lo. Mas é algo que deverei conduzir de forma discreta até que obtenha o consentimento de meu irmão.

Richard e Alice não se viram mais durante o dia. À tarde ela caminhou até seu lugar preferido, no alto da pequena colina para escrever e apreciar a paisagem. Parou sua atividade para contemplar o pôr do sol, quando ouviu um farfalhar de passos em sua direção. Alice já sabia quem era, mas permaneceu sentada sobre a relva, e antes de se virar já estava sorrindo.

— Como me achou? — Richard se aproximou e ficou de pé ao seu lado admirando o pôr do sol.

— Por que acha que a procurava? Não poderia ter a intenção de apreciar a visão do fim de tarde? Afinal eu lhe confessei que este era meu lugar preferido na infância. — Alice sentiu que gostava daquele senso de humor irônico e sorriu.

— Achei que não costumasse notar a paisagem que o cerca.

— Meus interesses estão mudando.

— De fato. Seria muita presunção de minha parte pensar que poderia pretender ver-me. — Ele sorriu em retorno e sentou-se ao seu lado.

— Senti sua falta — ele soltou. Alice estava tão contente que não conseguia tirar o sorriso do rosto, e começou a se achar uma boba.

— Também senti a sua, Richard. — Ele enrijeceu os lábios na tola intenção de sorrir. Mas Alice sabia que algo ainda o perturbava.

— Sabe o que deveremos fazer agora, não é? — É claro que Alice nunca imaginaria sobre as intenções de Richard em desposá-la, e pensou justamente o oposto. Ele sabia que ela iria embora em dois meses, e manter o que tinham em segredo era a única forma de continuarem a se ver.

— Sim, Richard. Sei o que devemos fazer — e sorriu largamente, porque a ela só importava que eles aproveitassem o tempo que lhes restava. Porém, notou que a expressão dele era preocupada e complementou: — Não se preocupe, vai dar tudo certo.

Richard se surpreendeu com a reação de Alice. Claro que não acreditava cegamente no que ela lhe falava sobre sua aversão a casamento, porém, de alguma forma esperava que ela resistisse à ideia. Ou será que Richard queria que ela resistisse? Mas agora não havia mais saída. Ele a havia desonrado, e precisava arcar com as consequências.

Alice se aconchegou em seus braços e apreciou os últimos raios de sol que brilhavam sob o céu em tons laranja-avermelhados.

— Já está escurecendo. O dia foi longo e precisamos descansar. Por que vem sempre caminhando? Sabe que pode usar um de nossos cavalos.

Alice pigarreou.

— Eu não sei cavalgar.

— Céus! Quem nos dias de hoje não sabe cavalgar? Seu irmão realmente tem lhe faltado.

Alice calou-se e sorriu. Por ironia nem Max sabia cavalgar.

— Você vem comigo. Suba em meu cavalo.

Richard a colocou à sua frente enquanto cavalgavam. Alice sentiu seus braços em volta dela, encostando-lhe o corpo de forma sensual. Relaxou quando deu asas à lembrança de Richard tocando-a e dando-lhe prazer.

— Quando nos veremos de novo?

— Você está hospedada em minha casa.

— Não foi isso que quis dizer. — E Alice lhe lançou um olhar marcante, que atingiu os instintos de Richard imediatamente, fazendo-o sorrir.

— Sei o que está pensando. Mas precisa descansar. Não dormiu a noite passada. — Alice fez bico, mas ele tinha razão. Ela de fato estava esgotada, e, além disso, dolorida. Só precisava de um banho e sua cama.

No dia seguinte, acordou cedo como de costume e saiu para sua corrida. Seus pensamentos se voltavam em Richard, e quando a ideia de ir embora lhe ocorria, ela afastava o pensamento, fugindo do sofrimento que começava a se instalar. Mas não iria sofrer por antecedência. Ela só queria estar com ele.

Chegou ao lago transpirando excessivamente o que lhe abriu o desejo de pular na água. Mas lembrou-se do alerta de Richard. Sentou-se e descalçou os sapatos, mergulhando apenas os pés na água fria.

— Sabia que a encontraria aqui. — Alice, que estava tão concentrada em suas sensações, assustou-se com a chegada de Richard. — Perdoe-me, não era minha intenção assustá-la. — Alice lhe sorriu em troca.

— Tudo bem. Desta vez veio na intenção de encontrar-me então?

— Sim. E não posso enganá-la: ontem também. — Ele sorriu.

— Eu sei. — Alice arqueou uma das sobrancelhas.

— Por que corre, Alice?

— Ajuda-me a relaxar. Além do mais, faz bem para a saúde e deixa o corpo enrijecido.

— Quanto à forma do corpo — e sorriu —, eu notei. Mas, como sabe que faz bem à saúde?

— Eu simplesmente sei.

— Sabe, tenho algumas perguntas.

— Eu sei. — Alice sabia que não poderia responder às perguntas de Richard de forma sincera, e ela não queria enganá-lo. Precisava de uma forma de distração. Antes que Richard a sobrecarregasse de perguntas, ela o beijou, e descarregou sobre ele toda a saudade que seu corpo sentia. Ela sabia que ele não resistiria e logo estavam deitados sobre a fina terra que os cercava. Richard a tocou e suas mãos trêmulas adentraram em sua roupa, percorrendo todo o corpo de Alice com seu toque firme e urgente. Alice fez o mesmo, para desespero de Richard. Ele se desvencilhou do beijo e olhou para ambos os lados.

— Tire as roupas. AGORA! E entre na água. — Alice adorou o jeito mandão e exigente de Richard e se apressou em obedecê-lo, notando que ele também fazia o mesmo. Quando ela se despiu, caminhou para dentro do lago e no meio do caminho voltou seu olhar para ele, ainda fora da água. Ele a estava apreciando, e bastante atraído pelo que via. Alice se sentiu poderosa e o fascinou ainda mais quando puxou alguns grampos e desfez o coque, deixando seus cabelos caírem sedutoramente sobre suas costas. Ela puxou-os delicadamente para frente, cobrindo-lhe um dos seios. Richard ficou louco e avançou sobre ela. A água estava fria, mas quando seus corpos se juntaram, era como se um fogo tivesse se acendido sob eles. Richard a beijou ardentemente, e Alice rodeou suas pernas sobre a cintura dele, sentindo que ele estava preparado para possuí-la. E rapidamente ele o fez. Alice arqueou o corpo em sintonia com as investidas de Richard. Seus corpos tornaram-se um só. Alice gemia enquanto Richard mantinha a boca na curva de seu pescoço, magnetizado pela sua pele e seu aroma doce e ao mesmo tempo com o gosto salgado que o suor deixara. Richard estava prestes a libertar-se quando o prazer de Alice explodiu em mil pedaços, arrancando-o do seu tormento e esvaziando-se longe dela. Ambos sabiam que um erro poderia engravidá-la, e Richard nunca pensara em ter filhos.

 Alice necessitava do conforto de seus braços, e quando notou que Richard havia se acalmado, ela juntou-se a ele e o abraçou.

 — Uau!

 — O que significa isso?

 — Que estou surpresa, fascinada.

 — Que forma estranha de se falar. Qual a origem dessa palavra?

 — Honestamente? Não sei. — Alice gargalhou.

 — Essa é uma das coisas que me intriga em você. Sabe que não poderá fugir de algumas respostas. A propósito, o que é namorado?

— Certo. — Alice sorriu. — Namorar para vocês se resume a flertar ou cortejar, conversar com alguém que lhe tenha interesses pessoais, na expectativa de arrumar um casamento. Creio que não haja beijos, ou toques, apenas um meio para determinado fim: o casamento.

— Lembro-me de que falou que não pretendia casar. Por que então tinha um namorado?

— De onde venho, namorar tem outro sentido.

— Devo concluir que o lugar de onde vem é o motivo para que tenha agido desta forma?

— De certa forma, sim.

— E como descreve "namorar" do lugar de onde vem?

— Bem, namorar é ter um compromisso informal com alguém, sem obrigação ou responsabilidade de casamento. É compartilhar interesses pessoais, conversar, fazer carinho, beijar e, a depender do estágio, fazer amor. Devo dizer que estamos de certa forma namorando, Sir Harrison. — E sorriu.

— Está inventando isso? — Richard parecia aturdido.

— Perdoe-me. Eu sei. É confuso pra você. Tenho algo a lhe contar. Vai ser difícil de acreditar. Mas só poderei contar-lhe após o consentimento de meu irmão.

— O que Max tem a ver com isso?

— Eu prometi a ele que não falaria de nosso segredo.

— Então, de fato, há um mistério a ser desvendado?

— Perdoe-me, Richard. Não posso lhe falar mais nada. Por favor, não me pressione. Vamos esquecer isso momentaneamente e nos concentrarmos nisto. — E o beijou rápida e delicadamente.

Mas independente de que mistério seria esse, para Richard a decisão estava tomada. Até que lhe agradava o fato de Alice ser deliciosamente avessa aos costumes locais. Aquilo tudo que ela lhe dissera era muito confuso, e ele se forçava a acreditar.

À noite ele visitou o quarto dela e eles novamente fizeram amor. Até que foi estabelecida uma rotina. De manhã eles se encontravam rápido no desjejum, Richard saía para trabalhar ou permanecia ocupado em seu escritório. Todo fim de tarde se encontravam em seu lugar preferido e Richard começou a ensiná-la a cavalgar. À noite ele visitava o quarto de Alice e eles faziam amor, de tantas formas imagináveis. Eles estavam cada vez mais envolvidos.

Depois de três semanas, em um desjejum de domingo, antes de se dirigirem à capela da residência, Alice notou que Olivia estava muito melancólica. Esperou Richard se ausentar para conversarem.

— Olivia, notei que está abatida. Está tudo bem?

— Ah, Alice, sinto falta de Alexander. Não sei, ando tão melancólica e sonolenta. Creio que possa estar ficando doente. Ontem não me senti bem após comer a torta de pombo. Fiquei tão nauseada, que só de pensar, meu estômago estremece.

Nossa, como parecia óbvio para Alice. Certamente Olivia estava grávida.

Alice pigarreou e sorriu.

— Bem, creio que devemos mandar uma carta para o Conde e chamar um médico.

— Ah, não! Creio que não seja necessário um médico. Deve ser só um desconforto passageiro.

Alice pigarreou novamente.

— Olivia, quando vieram suas últimas regras?

Olivia pigarreou e corou.

— Alice, que pergunta mais indiscreta! — E corou.

— Olivia, por favor, ambas somos mulheres, não há motivos para constrangimento. O que quero dizer é que se suas regras estiverem atrasadas, há uma possibilidade de que esteja grávida.

Olivia elevou os olhos, pensativa, e Alice se deu conta de que ela fazia contas na cabeça, quando a primeira lhe fitou assustada e desorientada.

— Está atrasada sim. Céus! Estou casada com Alexander há quatro anos. Achamos que eu não poderia ter filhos. Será possível, Alice?

Alice deu de ombros, e complementou:

— Melhor chamarmos um médico. Deixe que eu cuido disso — Alice se virou e retornou a Olivia: — Ah, só mais uma coisa. Eu sugiro que não comam mais torta de pombo. — Alice sussurrou para Olivia: — Pombos são ratos voadores. — E deixou a sala. A Olivia lhe pareceu um comentário evasivo, mas raciocinou por um momento e assumiu que seria melhor seguir a recomendação de Alice. *"Ratos voadores?"*. E deu de ombros. Mas sabia que por algum motivo deveria ouvi-la.

Alice procurou Richard que estava em seu escritório. Entrou na sala e fechou a porta sorrindo largamente. Richard se levantou, aproximou-se e a beijou, claramente seguindo um rumo que, apesar de Alice também desejar acompanhar, ela precisaria postergar.

— Meu Deus, não estou mais aguentando ficar longe de você, Alice!

Ela quase esqueceu o que fora fazer ali, mas em um lampejo de razão conseguiu desvencilhar-se de Richard sorrindo.

— Podemos continuar isso depois?

— O que houve?

— Precisamos chamar um médico para Olivia.

— O que houve com ela? Por que não disse logo? — Richard assumiu uma postura firme e sombria.

— Calma. Creio que não haja nada com o que se preocupar. Mas presumo que ela esteja grávida!

— Grávida? Achei que não pudessem ter filhos.

— É, Olivia disse o mesmo, mas creio que estavam enganados.

— Tudo bem, vou chamar o médico.

XI

Com a confirmação de que Olivia estava grávida, rapidamente uma carta foi enviada a Alexander anunciando a notícia. Alice e Richard tinham plena ciência de que em breve Max e Alexander retornariam. Ambos mostravam-se apreensivos, embora não discutissem o assunto. Richard sabia que em breve pediria a mão de Alice em casamento a Max. Tinha consciência de que era o correto a se fazer, embora se sentisse pouco confortável com a ideia. E Alice esperava que seu irmão desse início aos preparativos para seu retorno ao futuro, que era em, aproximadamente, um mês.

Em uma manhã chuvosa Alice não conseguia mais conter o temor pelo futuro. Abriu uma das janelas de seu quarto e sentiu o aroma da chuva. Alguns respingos lhe tocaram o rosto, mas não o suficiente para afastá-la do parapeito. Revisitou os momentos que vivera antes e depois da viagem ao passado, e algo muito sério lhe ocorreu. Sabia que nunca fora tão feliz em sua vida, como era agora. Isso a fez pensar em seus sentimentos por Richard. Já tinha conhecimento de que sua necessidade por ele não era mais apenas a paixão descontrolada que o poder de seus corpos emanava. Sabia que existia um sentimento mais profundo que lhe dominava a alma. Alice engoliu em seco e sentiu o coração palpitar com mais força. Ela amava Richard. O imenso prazer em estar perto dele, conversar sobre o seu dia, saber de seu trabalho, seus dilemas e suas preocupações, era algo que Alice ansiava cada vez mais. E ela sabia que Richard também havia criado vínculos mais fortes e profundos por ela. Ele confiava nela, seus medos e traumas estavam estabilizados e eles conseguiam conviver com isso. O que não significava que ele a amava. Porém, mesmo que a amasse, o pior de toda a trama era que Alice não tinha condições de prolongar sua estadia ali. Sempre soube que sua viagem seria passageira, porém, nunca esperava querer ficar. E se ficasse? Estaria Alice disposta a deixar tudo o que já havia conquistado em sua vida? Ora, de onde vinha este pensamento? Isso era loucura. As oportunidades no século XIX para uma mulher eram limitadas e a sociedade era muito rígida. Alice não suportaria e Max não permitiria que ela permanecesse ali. Certamente isso era algo incontestável.

Alice viu uma carruagem chegar à entrada principal da casa e seus olhos se encheram de água quando viram Max e Alexander descendo dela. Seus medos mais próximos de se concretizarem. Sentia falta de Max, porém, a ideia de perder Richard lhe consumiu. Limpou a lágrima que escorreu em seu rosto, e decidiu se concentrar nos últimos dias que lhe restavam com Richard. Não se permitiria sofrer por antecedência. Alice se recompôs, afastou todas as ideias perturbadoras e confusas, e desceu até a sala principal. Ao encarar Max, Alice extravasou todo o sentimento guardado em seu peito. Seu amor por ele, a falta que lhe fazia e a busca por ajuda em responder aos questionamentos que se fazia quanto ao futuro.

— Max! Que saudade, meu irmão! — Max a abraçou e a girou no ar. — Onde está o Conde?

— O pobre homem estava tão agitado que entrou pela porta e correu à procura de sua esposa.

— Ah, eles se amam. E Olívia está radiante com a ideia de ser mãe!

— Pelo visto estão muito íntimas, já que não a chama mais de Lady Harrison.

— Estamos sim. A propósito, ela já está desconfiando sobre nosso segredo. Não podíamos falar para ela e Richard?

— "Richard"? Hã? Por que não "Sir Harrison", Alice? — Max arqueou uma sobrancelha.

— Tudo bem, vamos até a biblioteca conversar, antes que alguém nos ouça.

Na biblioteca, Max sentou-se em um dos sofás enquanto Alice andava de um lado para o outro procurando as palavras corretas.

— Vamos, Alice, o que está havendo?

— Estou saindo com Richard. — Max se levantou assustado.

— Como assim "saindo", Alice? Aqui ninguém sai. Aqui as pessoas se comprometem e se casam.

— Pare com isso, daqui a um mês não estaremos mais aqui. Por que isso tem tanta relevância? Você sempre insistiu para que eu procurasse por companhia!

— Não aqui, Alice! Não aqui! — Max bradou — Droga! Está acontecendo!

— O que está acontecendo?

— Esquece! É algo que definitivamente eu não permitirei.

Alice não compreendia o que Max lhe dizia. Estava decidida de que precisava convencer seu irmão de que Richard deveria saber sobre suas origens.

— Max, eu queria poder contar a Richard sobre nós.

—Você enlouqueceu!

— Max, nós confiamos em Alexander. Confio em Richard também. Ele não comentará com ninguém.

— Alice, sente-se. — Mas ela permaneceu em pé. — SENTE-SE! — Ela se assustou com a voz grave de Max e obedeceu. — Tem algo errado e precisaremos retornar antes do previsto.

— O quê? — A expressão de Alice só deixou Max mais rígido.

— Sim. Creio que possamos estar correndo perigo aqui. Ficamos mais tempo em Londres para tentar investigar, mas não conseguimos avanço. Com a notícia da gravidez de Olivia, obviamente Alexander deu importância ao que lhe era prioridade, e voltamos.

— Max, do que está falando?

— Alguém procurou por mim na casa de Lady Harrison.

— E daí?

— Alice, acorde do seu mundo de conto de fadas. Ninguém me conhece aqui. Como poderiam me procurar?

— Céus! Não compreendo. Do que você suspeita?

— Não sei ainda, mas garanto que se relaciona à nossa vinda ao passado. A câmara permanece escondida onde a deixei aqui. O cetro de energia também ficou aqui. Sabemos que se isto cair em mãos erradas, podemos desencadear uma série de mudanças no passado que não deveríamos permitir.

— Max, acha que alguém pode ter interceptado Benjamin?

— Temo pela vida dele, Alice, por isso precisamos retornar.

— Quando?

— Preciso finalizar o que vim fazer por Alexander. Dois dias. — Max saiu da biblioteca em busca do cetro e o encontrou exatamente onde havia escondido, em seu quarto. Por ali ficou para banhar-se e descansar após a longa viagem.

Alice saiu da biblioteca, atônita. Sua cabeça borbulhava de tensão pelo que Max acabara de lhe falar e por saber que a felicidade que enfim encontrara em sua vida estaria mais perto do fim do que ela imaginara.

Saiu para o jardim, deixando a chuva molhá-la e caminhou em direção ao nada. Depois de uma hora de caminhada, notou que estava sob o carvalho em seu lugar favorito. Lá ela desabou e chorou, como nunca tinha chorado antes, sem notar a figura esguia que se aproximava dela.

XII

— Ah, meu querido, estou tão feliz em vê-lo! Alexander aproximou-se da cama de Olivia e a tomou em seus braços.

— Olivia, você está me fazendo o homem mais feliz do mundo. Alexander pousou sua mão sobre o ventre de Olivia. Como está se sentindo? Precisa de algo?

— Ah, meu amor, só preciso de você. — Alexander lhe deu um beijo carinhoso. E enquanto o casal transbordava de amores, Olivia não se continha para mencionar a Alexander sobre Richard e Alice.

— Querido, tenho outra boa notícia. Richard está transformado. Creio que ele esteja se recuperando do trauma.

— Ah, eu lhe disse, Olivia. Ele só precisava de uma ocupação.

— Está enganado, meu amor. A responsável se chama Alice Robinson.

— Do que está falando?

— Eles estão envolvidos. Creio que se gostem.

— Isso não pode acontecer, Olivia. Max e Alice não são daqui. E precisarão nos deixar em dois dias.

— Ora, meu amor, convença-os a ficarem mais tempo. Você precisa ver Richard... — Mas antes que Olivia continuasse a falar, eles foram interrompidos. — Querido, creio que alguém esteja batendo à porta. Acalme-se, não há necessidade de perturbar-se.

— Olivia, é mais complicado do que parece. As coisas podem ficar perigosas. E especialmente agora — Alexander fitou o ventre de Olivia —, não posso permitir nenhum risco à nossa família — ele virou o rosto para a porta e quase gritando ordenou: — ENTRE!

Richard apareceu sorrindo e Alexander tentou recordar-se da última vez em que havia visto seu irmão sorrir. Não conseguiu.

— Richard, meu irmão, entre! — Alexander fitou Olivia, que lhe retornou com um olhar que parecia dizer: *"não lhe disse?"*.

— Perdoe-me por interromper, sei que não pretende afastar-se de Olivia agora, mas preciso realmente falar-lhe.

— Certamente, Richard. Dê-me algumas horas e estarei com você.

— Claro. Estarei na biblioteca.

Richard deixou o quarto e Alexander se voltou para Olivia que mostrava uma expressão de desgosto.

— O quê?

— Como pôde despachá-lo desta forma? Não notou os olhos de apreensão de Richard? Obviamente ele precisa de você.

— É mais complicado do que parece. Preciso dessas poucas horas para pensar no que me disse. Não quero que meu irmão sofra mais do que já sofreu. E temo que estamos prestes a presenciar isso.

Enquanto aguardava Alexander, Richard pensou em como mudou desde que deixou Alice entrar em sua vida. A cada dia que passava ele a queria mais e mais, e suas investidas e inovações na cama se intensificavam à medida que Alice lhe pedia mais. Com um sorriso no rosto, Richard sabia que ela era a mulher dos sonhos de qualquer homem. E ele esperava que isso fosse o bastante para aquecer seu casamento. Mas algo ainda o incomodava. Alice tinha o coração e a alma puros. Era inteligente e não havia vazio em suas conversas. Sabia que Alice precisava de alguém melhor. Alguém bom, estável e puro de alma como ela. Ela precisava de alguém que a amasse, e Richard tinha convicção de que nunca poderia amar alguém. Enquanto sua mente vagava, Alexander irrompeu à porta.

— Sente-se, irmão. — Richard apontou para a cadeira.

— Richard, estou contente em vê-lo bem disposto. Como andam os negócios?

— Alexander, por favor, deixemos os negócios para depois.

— Tudo bem. Aconteceu alguma coisa? — Alexander queria ouvir de Richard.

— Sim. Vou pedir a mão de Alice em casamento!

— O QUÊ? — Definitivamente não era o que Alexander poderia esperar. Ele imaginou tudo, mas nada tão sério quanto isso. Levantou-se e gritou: — Não pode fazer isso, você não a conhece.

— Alexander, é tarde demais, eu a desonrei.

— Maldição, Richard! Não pensou nas consequências? Não pensou em nossa mãe? Richard, ela não é da nobreza! — foi a única coisa que lhe ocorreu, mas logo que falou se sentiu um tolo.

— Não acredito que está me falando isso, Alexander. Sabe que não dou a mínima para a sociedade, e nossa mãe, apesar de seguir essas normas tolas veementemente, em dado momento irá aceitar minha decisão.

— Não sabe o que está falando. Não sabe de toda a história. Talvez ainda dê para sair dessa. Max e Alice nos deixarão em dois dias.

— Do que está falando? Ela se casará comigo. Falarei com seu irmão agora. — Richard se dirigiu à porta, mas antes que saísse, Alexander lhe bradou em retorno.

— Não saia. Sente-se que lhe contarei o que sei.

— É bom que seja breve, quero encontrar Alice. Não quero mais que nos encontremos às escondidas.

— Richard, Max e Alice não são daqui.

— Isso eu já sei. Pelo que vejo, você já é conhecedor do mistério que os cerca. Fale-me.

— Eu sei que vai parecer loucura, e queria poder lhe falar de um jeito mais fácil, mas... Max e Alice vieram do futuro, de 2018 precisamente.

— O quê? — Richard soltou uma gargalhada. — Eles lhe falaram isso? — Alexander tinha o semblante duro. — Não pode estar acreditando nisso.

— Eu vi, Richard. Eles já estiveram aqui vinte anos atrás. Papai guardou o seu segredo e o confiou a mim. Ele queria lhe falar, mas quanto menos pessoas soubessem, menos perigoso seria. Eu vi quando a família se foi no passado. Papai os ajudou em seu retorno para o futuro. E o Sr. Robinson lhe prometeu que voltaria para retribuir a ajuda, mas faleceu antes da viagem, e confiou a seu filho Max que cumprisse com sua promessa. Por isso eles estão aqui, para nos ajudar. Mas, irmão, eles voltarão para o futuro. Sinto muito!

Richard tentou raciocinar sobre tudo o que acabara de ouvir, mas aquilo não fazia sentido algum. Buscou na memória as lembranças que passara com Alice e, nas conversas que tiveram, de certa forma a história se encaixava. Mas não, ele não poderia acreditar nisso. Era loucura. Como Alexander pôde acreditar em algo assim? Richard começou a questionar a sanidade do irmão. Aquilo era ridículo.

— Sei que é difícil de acreditar. Max e Alice poderão lhe dar mais detalhes que farão com que acredite.

O som da porta tirou sua atenção.

— Alexander, Richard, temos um problema!

— Entre, Max. Está pálido! O que houve? — Alexander se apressou.

— Procurei Alice por toda parte. Ela sumiu!

— Como assim sumiu? Quando foi que a viu pela última vez? — Richard questionou-lhe com os olhos quase saindo de órbita.

— De manhã. Nós conversamos. Ela queria contar-lhe sobre nossa origem. Eu não podia permitir. Estamos indo embora em dois dias. As coisas estão saindo do controle. Ela não gostou do que ouviu, tentou argumentar, mas estava tão perturbado que não lhe dei ouvidos. Ainda mais que ela falou que estava saindo com você.

— Como assim "saindo"? — A expressão aturdida de Richard trouxe Max para a realidade atual.

Max o fitou em tom descortês.

— Conversaremos sobre isso depois. Precisamos encontrá-la. Choveu o dia inteiro. Onde ela poderia estar?

— Sei onde ela pode estar — Richard falou a todos e deixou a sala apressadamente.

Max olhou para Alexander assustado.

— Ele sabe o que está fazendo?

— Certamente. E tem mais. Ele quer se casar com ela.

— Santo Deus!

Richard cavalgou com toda a velocidade que seu cavalo lhe permitiu. Chegando ao lago, nada encontrou. Seguiu para a colina solitária, e para sua surpresa não a avistou. *"Há algo errado"*. Richard subiu a colina até o ponto em que Alice costumava sentar-se. Apesar de a chuva ter varrido qualquer indício de Alice, Richard podia ver que havia ainda vestígios de pegadas de cavalo. *"Céus, algo está muito errado. Alice ainda não cavalgava sozinha".*

Ele cavalgou de volta à sua casa pensando no que poderia ter havido com Alice. E se algo de ruim tivesse acontecido a ela? O medo se espalhou por seu corpo. Sentiu uma dor tão profunda que lhe acertou a alma. Nada do que já lhe passara chegaria perto desta sensação de pânico. Notou que tudo parecia irrelevante perto da ideia de perdê-la. Suas dores da guerra pareciam fechadas agora. Alice fora a responsável pela cicatrização de suas feridas, como ela mesma um dia se ofereceu a cuidá-las. Richard sabia disso. Mas agora, um buraco mais profundo e negro se abria em seu peito, e só havia uma ferida aberta. A de seu coração. Ele não poderia viver sem ela. Ele a amava. *"Como pude não ter notado isso antes?".* Richard não se perdoou e seguiu trotando até a residência. Sabia que havia algo errado com o fato de terem de ir embora mais cedo. *"Céus, será que a história de voltar no passado era verdadeira?".* Não poderia pensar nisso agora. Era loucura. Só precisava ter Alice em seus braços de novo.

— E então? — Max lhe perguntou enquanto Richard descia de seu cavalo.

— Ela não estava onde pensei. Mas algo me diz que esteve. Vi pegadas de cavalo, mas ela ainda não se sente segura em cavalgar sozinha, e todos os cavalos estão no estábulo. Preciso que me deixem ciente de tudo o que está acontecendo, para que tenhamos mais chances de encontrá-la.

Os três se trancaram no escritório para situar Richard e conjecturar os próximos passos. Richard ouvia a história que Max contava, mas em nada acreditava, era muito absurdo. Richard se concentrou em alguns fatos e decidiram que iriam até a vila procurar algumas das pessoas com as quais Alice teve contato na última semana. Já era tarde da noite quando retornaram para casa, sem notícias.

Estavam todos apreensivos, mas só poderiam aguardar. Alexander se juntou a Olivia, para confortá-la, pois estava inquieta e em seu estado, Alexander preocupava-se com sua saúde e de seu filho.

Max e Richard permaneceram no escritório. Richard, encostado ao parapeito da janela, olhava o exterior e Max cruzava a sala de um lado para o outro.

— Meu Deus! O que eu fiz? Ela não deveria ter vindo!

Richard estava mergulhado em pensamentos que lhe destruíam a alma cada vez em que pensava que Alice pudesse estar em apuros. Mas ouviu o resmungo de Max.

— O que disse?

— Estou arrependido de tê-la trazido para cá. Sei que tem algo errado, Richard. E temo pela sua vida.

— Max, nós vamos encontrá-la — Richard falou com determinação, mas sabia que seu coração estava pulsando em agonia. — Sei que provavelmente não é hora, mas preciso lhe dizer. Eu quero me casar com sua irmã.

— Ah, céus! Definitivamente, não é o melhor momento!

— Eu sei. Estou tão desesperado quanto você. E quero-a de volta. — Max o fitou e suavizou o cenho quando notou que Richard também sofria.

— Você a está pedindo em casamento, mesmo sabendo que ela é de outro tempo? Ela já aceitou?

— Pare de me falar absurdos. Ela sabe que isto é o certo a se fazer.

— Ela não falou nada para mim.

— Talvez tenha ficado com medo. Eu a desonrei!

Max ficou chocado com a sinceridade e honradez de Richard. Aquilo não aconteceria em seu tempo. Por outro lado, imaginar sua irmã na cama de um homem... aquilo era inacreditável. Poderia ser em qualquer espaço de tempo, uma coisa é incontestável, os irmãos nunca deveriam saber da intimidade de suas irmãs. Max passou a mão sobre os cabelos.

— Ah! Pelo amor de Deus, esta conversa não! Definitivamente não quero saber o que fez com minha irmã.

— Perdoe-me, também estou nervoso. — Richard olhou para suas mãos.

— Tudo bem. Mas já lhe adianto. Ela não casaria com você só por que foi para cama com ela.

— Ela sabe de minhas intenções. Creio que deixei subentendido.

— Subentendido? Bem, se não foi claro, creio que faça mais sentido conversar com ela sobre isso.

Max passou as próximas horas relatando sobre o futuro e sobre algumas poucas vantagens que aquele tempo tinha em comparação ao passado, dentre elas a evolução da medicina, da tecnologia, do conforto e da conquista e posição das mulheres. Não entrou em detalhes e nem nos fatos históricos ocorridos após o século XIX, mas o que falou bastou para Richard calar-se e questionar-se se ele estava acordado ou tendo um sonho bastante esquisito. Ele não poderia acreditar em tudo aquilo, então voltou a pensar em todos os momentos que passara com Alice. Agora notara que não havia formalmente a pedido em casamento, e que ela não havia lhe dito sim. Aquilo só aumentou sua angústia. Ele não aguentaria vê-la ir embora e perdê-la. Não sabia no que acreditar, mas sabia que estavam certos de que iriam embora em dois dias.

Enquanto a madrugada se arrastava, Max relatou a Richard suas preocupações e os riscos que ele temia se a realidade da viagem do tempo caísse em mãos erradas. Richard já estava mais do que irritado em ouvir tamanha bobagem. Sua cabeça girava em torno de Alice, e não se permitia tentar entender o motivo pelo qual Alexander acreditava em Max. Não era momento para suposições. A única preocupação era Alice. Até que os primeiros raios de sol atravessaram a janela, iluminando o aposento e os cenhos cansados dos dois.

— Se não tivermos notícias até às oito horas, eu sairei novamente à sua procura — Richard clamou.

Certamente seus nervos estavam à flor da pele. Quando enfim se dera conta de que encontrara sua salvação ao lado de Alice, sua esperança de viver parecia ruir à sua volta. Era como se a vida estivesse escorrendo de suas mãos e ele fosse incapaz de segurá-la.

A senhora Stuart bateu na porta algumas horas depois.

— Sir Harrison, senhor Robinson. O lacaio acabou de entregar este bilhete, para o senhor Robinson.

— Senhora Stuart, traga o lacaio imediatamente aqui — Richard ordenou.

Max tomou o bilhete de sua mão e o leu.

> "Caro Senhor Robinson,
>
> Estou com sua irmã. Façamos uma troca justa. Venha ao meu encontro às 11:00h, em frente à paróquia da vila, ou ela morrerá".

O lacaio entrou no escritório com o olhar ao chão e o rosto muito assustado.

— Quem lhe entregou este bilhete? — Richard bradou.

— O menino de recado da vila. Filho de uma das lavadeiras.

— Encontre-o e traga-o aqui agora. senhora Stuart, acorde Alexander! — Quando ambos os empregados saíram da sala, Max se voltou a Richard.

— Não sei o que pretende, mas não temos outra saída. Não vou pôr em risco a vida de minha irmã.

— Asseguro-lhe de que também não é minha intenção submetê-la a qualquer risco. Porém, precisamos nos cercar de todos os lados. Se soubermos onde esta pessoa está mantendo Alice, poderemos ter chances de nos anteciparmos — e enquanto falava com Max, sacou uma arma de dentro da gaveta e a carregou. — Tenho outra para você.

— Meu Deus! Não sei atirar!

— Maldição! Não sabem cavalgar nem atirar. Sabe lutar esgrima? Tenho espada, se assim desejar.

— Céus! Estou perdido.

— Argh, esqueça. Alexander e eu nos encarregaremos se precisarmos partir para esse método.

Passada uma hora, o pequeno Isaac estava postado na biblioteca da família Harrison. Max não pôde deixar de notar como era magro, quase raquítico, visivelmente desnutrido. Quando Richard lhe perguntou sua idade, ele dissera dez anos, porém, aparentava muito menos. Os olhos pareciam grandes no rosto fino e pequeno do garoto, porém Max deveria descontar o susto e o medo que deixavam seus olhos mais sobressaltados. Certamente ser chamado na residência do Conde de Gloucester era algo que devia assustar até o mais forte e corajoso dos homens da região.

— Garoto, qual o seu nome?

— Isaac, senhor. — O menino fixou o olhar no chão.

— Está com fome?

— Não, senhor. — Mas sua voz vacilou. Max notava a paciência com que Richard conduzia a conversa com o garoto. Certamente não queria assustá-lo e pretendia ganhar sua confiança.

— Isaac, penso que talvez pudesse nos ajudar a desvendar um mistério.

— Um mistério, senhor?

— Sim, Isaac.

— Veja este papel, sabe o que significa? — Isaac olhou para as mãos de Richard que seguravam aberto o bilhete do chantagista.

— Não, senhor. Eu não sei ler, senhor! — Max, que acompanhava a conversa com afinco, se lastimou pelo garoto. Em seu tempo, sabia que situações como esta ainda podiam ser vistas em países subdesenvolvidos, mas estava tão fora do alcance de sua visão, que lhe doeu o peito.

— Claro. Mas trouxe este bilhete até aqui, certo?

— Sim, senhor.

— E quem o entregou a você, garoto?

— Eu não sei, senhor. Ele me deu uma moeda e pediu que eu entregasse o bilhete. Só isso, senhor. Eu fiz algo errado, senhor?

— Não, meu rapaz. Mas ajudaria se soubesse o nome dele.

— Perdoe-me, senhor. Não sei.

— Onde estava quando ele lhe abordou?

— Pertinho da paróquia, senhor. Eu tinha acabado de ajudar a minha mãe no serviço e estava brincando perto do bosque. Tinha acabado de amanhecer, senhor. Foi quando ele me chamou.

— E veio andando até aqui, garoto?

— Sim. Foi só uma hora de caminhada, e eu sou rápido — Isaac sorriu se gabando.

— E consegue descrevê-lo?

— Sim, senhor — e Isaac pareceu se lembrar de algo importante, porque sua expressão se abriu em um sorriso —, ele usava roupas bem diferentes. Vi seu sapato. Era branco, mas não era de couro. Parecia algo de outro mundo, senhor!

Aquilo fora suficiente para Max acreditar que alguém viera do futuro e sequestrara sua irmã. Mas Richard já estava planejando uma estratégia.

— Senhora Stuart, dê o que comer ao garoto e peça para alguém levá-lo até sua casa.

— Obrigado, Isaac!

Richard aguardou que todos saíssem da sala até que só restassem Alexander, Max e ele.

— Meu Deus, alguém do futuro sequestrou Alice — exclamou Max.

— Era o que suspeitávamos. Mas como pode ter tanta certeza, Max? — Alexander interrogou.

— Não notaram a descrição das roupas? Ele certamente usava tênis. — Alexander e Richard se entreolharam, obviamente se perguntando o que seria um tênis. Richard meneou a cabeça em negativa e interferiu:

— Tenho um plano. Imagino que este canalha esteja hospedado em alguma estalagem não distante do local onde abordou o garoto, que é o mesmo que marcou para encontrar com Max. Ele certamente não gostaria de ser visto por muita gente, especialmente se possui roupas anormais para o padrão, como o garoto disse. Se tivermos sorte e o encontrarmos, temos ainda tempo para interceptá-lo antes da hora marcada, e assim podemos contar com o elemento surpresa. — Alexander acenou para Max demonstrando que a ideia era plausível.

— Não gostaria de colocar em risco a vida de minha irmã.

— Se não notou, ela já está em risco. Precisamos agir e não temos tempo a perder. Nós conhecemos o lugar. Há duas estalagens na região. Conhecemos os donos de ambos os locais e não há um ser que não nos respeite no condado. Seremos cuidadosos, vamos! — E antes que Max pudesse retrucar, Richard já estava saindo pela porta.

Richard seguiu a cavalo enquanto Alexander e Max iam de carruagem. Richard não podia acreditar como Max não sabia andar a cavalo e se viu pensando como as pessoas poderiam se locomover no futuro. *"Que disparate! Será que começara a acreditar nessa história?"*. Quando chegaram em frente à primeira estalagem, os três já haviam discutido severamente a estratégia e decidido que Alexander, por ser o Conde, entraria com Max na estalagem em busca do proprietário. Richard ficaria do lado exterior, aguardando um sinal. Alexander e Max retornaram e sinalizaram a Richard que não havia sinais de que o visitante misterioso do futuro pudesse estar ali. Faltava uma hora para o horário indicado, e os cavalheiros apressaram-se para chegar à segunda estalagem, que não ficava muito distante dali. Seguiram o planejado, mas desta vez Alexander indicou a Richard que ele estava lá, mas que o proprietário garantira que estava sozinho. Richard, que ainda postava-se sobre seu cavalo sentiu um gosto amargo na boca em pensar que Alice estava nas mãos de alguém perigoso.

— Ele está aqui. Deu o nome de Sr. Merlin, embora Max nunca tenha ouvido falar. O proprietário da estalagem garantiu que ele estava hospedado sozinho, nos informou que havia outra entrada pela lateral do prédio e indicou a direção do quarto. Se nossas suspeitas estiverem certas, ele deve tê-la levado por lá.

Richard olhou para a outra entrada do prédio, apontada por Alexander, e seguiu naquela direção. Correu os olhos e fixou-os nas janelas do quarto indicado. Era no segundo piso, então percorreu o olhar sobre as frestas e buracos na parede velha de fora, simulando mentalmente onde pisaria até chegar à janela.

— Certo, agora façam o acordado. Vocês vão pela porta, e eu pela janela. Depressa!

Richard subiu as paredes desgastadas, fazendo um grande esforço para não perder o equilíbrio ou escorregar. As paredes ainda estavam úmidas por causa da chuva torrencial do dia anterior. Ao chegar à estreita beirada que conectava a janela, caminhou com as costas enterradas na parede, e quando chegou bem próximo à janela, notou que havia uma fresta aberta. Mas ainda não podia expor-se. Agachou-se e esperou pelo sinal.

Alexander e Max percorreram o corredor a passos largos, e quando chegaram em frente à porta, Max tomou a frente e bateu. Após a segunda tentativa sem reação nenhuma de dentro do quarto, Max retrucou que era da recepção. Alguns segundos depois ouviram o misterioso homem gritar:

— Entre.

Max girou a maçaneta e quando a abriu, deparou com o corpo desfalecido de sua irmã em uma cama de ferro desgastada. Seu coração palpitou em ritmo acelerado, e a adrenalina o motivou a dar o primeiro passo em sua direção. Ainda não havia notado o homem parado ao seu lado com uma arma em punho apontada para ele.

XIII

No dia anterior

Alice chorava por tantos motivos que suas ideias davam nós. Sabia que seu irmão estava preocupado, e isso indicava que a situação era, de fato, grave e arriscada. Mas o que mais incomodava em seu peito era a angústia por deixar Richard. Sabia que este momento chegaria, e que sempre esteve postergando seu sofrimento. Mas agora que estava diante do problema, Alice se deu conta de que não conseguia ver-se longe de Richard. Ela o amava. Enfim ela havia encontrado a felicidade ao lado de alguém. Procurou concentrar-se em encontrar uma saída, mas para onde se voltava encontrava uma barreira. Ela sabia que precisava ser razoável e manter a calma para conseguir raciocinar, mas estava tão claro que eles não ficariam juntos, que Alice simplesmente se banhava em lágrimas diante de seu desespero. Por um longo momento Alice só chorou. Deixou o corpo desabar ao chão, sentindo as fortes gotas da chuva inundarem seu rosto e lavarem seu corpo. E lá ficou até que a chuva se transformou em uma garoa. Alice sentou-se e sentiu o vento forte tocar seu rosto, trazendo consigo finas gotículas de água fria que contrastavam com a pele quente banhada em lágrimas.

Alice respirou fundo e se agarrou a um fio de esperança que lhe percorria a alma. Forçou-se a organizar a mente e olhou para o céu pedindo orientação divina. Permitiu-se orar e logo entendeu que aquilo a acalmava. Estava encontrando seu ponto de equilíbrio. *"Concentre-se, concentre-se. Quais as alternativas para ficarmos juntos? Ou ele ir para o futuro ou eu ficar no passado. Isso é óbvio! Max nunca me permitiria levar Richard para o futuro, considerando que surtou quando simplesmente mencionei contar-lhe a verdade. Nunca correria o risco de levar alguém do passado para o futuro. Além disso, quem garantiria que Richard estaria disposto a deixar o que tem aqui? Sua natureza lhe permitiria ser arrancado de seu mundo, de tudo aquilo que conhece para viver uma paixão em um século avesso ao seu? É claro que não, que disparate. Certamente não tem sentimentos fortes o suficiente que demonstrem qualquer tendência a deixar sua família, suas posses e sua vida aqui. E se eu ficar aqui? Sim, e se eu ficar? Céus, abdicarei da minha carreira e de todas as facilidades e benefícios que o futuro me permite, e pior, ficarei longe de Max, minha única família"*. Sentindo que o desespero batia à porta novamente, respirou fundo e sentiu a pele pinicar e os músculos retesarem de tensão. *"Se eu ficar, Max pode vir me visitar. Deus, é isso!!! Eu me negarei a retornar ao passado"*.

Alice sabia que o que importava era não perder as pessoas que amava, e por isso essa era a única solução razoável para o problema. Claro, ainda teria o grande problema de não possuir uma ocupação, não ter condições de se sustentar. Mas ela daria um jeito de trabalhar. Se havia escritoras naquela época, ela poderia tentar este caminho. Nada estava perdido. Com um pulo, Alice se levantou espanando as mãos na traseira de seu vestido na vã intenção de liberar-se da sujeira da terra incrustada em seu vestido. Ela sabia o que queria. Com uma determinação única, virou o corpo agilmente, a adrenalina impulsionando suas pernas a correr para casa e deixar claro para todos a sua intenção. Mas esta ansiedade foi facilmente convertida em medo e preocupação.

Seu corpo confrontou com o de Benjamin, que estava bem ali à sua frente.

— Ben, o que faz aqui? — O olhar dele era o mesmo, amigo e apaixonado. Ela o abraçou, aliviada por ele estar a salvo, e pelas suspeitas de Max serem indevidas. Ele aceitou o abraço e a rodeou calorosamente, com os olhos fechados, apreciando o momento. Quando Alice se afastou e fixou os olhos nos de Benjamin, notou que algo não se encaixava.

— O que houve? Como você veio parar aqui? Tem algo errado, não tem? Alguém o está ameaçando?

— Alice, você deve vir comigo, vocês estão correndo perigo.

— Não, você vem comigo, vamos encontrar Max e os demais. Seja o que for, juntos pensaremos melhor.

— Você não entende, Alice. Você deve vir comigo, sozinha. — Alice sentiu seu corpo arrepiar, e sabia que dessa vez não era o frio que causava este desconforto. Havia agora algo sombrio no olhar de Benjamin. Ela engoliu em seco, nervosa e com a mente fervilhando. Só queria sair rápido dali, e procurar Richard e seu irmão. Mas quando Benjamin notou suas intenções a segurou com força e sacou de seu bolso um lenço úmido que foi levado prontamente ao rosto de Alice. Ela ainda tentou se debater, mas o forte aroma do ópio foi apagando discretamente sua força e seus sentidos, até que tudo era só escuridão.

Benjamin teve dificuldades em levar Alice desacordada, montados em um cavalo, porém, de alguma forma conseguiu e assim o fez. Entrou na estalagem pelos fundos, indo direto aos seus aposentos, e começou a pôr seus planos em prática.

Alice sentiu na boca um gosto amargo, um pouco acre, lhe consumindo a garganta, que a fez recobrar os sentidos. Tentou abrir as pálpebras, mas os olhos estavam tão pesados que por mais que tentasse não conseguia movê-los. Estava confusa e não lembrava claramente o que tinha ocorrido, então com um *flash* as lembranças vieram à tona, trazendo toda energia acumulada em seu ser. Enfim teve forças para abrir os olhos. Não sabia onde estava. Era escuro, mas sua visão começou a ganhar foco graças a uma vela acesa disposta na beirada da janela. Piscou os olhos e olhou para fora dela. Já era noite. Seus olhos arderam e então tentou esfregá-los, foi quando percebeu que sua tentativa foi em vão. As mãos estavam amarradas para trás com uma corda áspera e grossa, impossibilitando que tentasse arrebentá-la. A sensação de pavor voltou. Seu coração palpitou e sua respiração acelerou. Tentou gritar, mas somente um som rouco saiu de sua boca, intensificando ainda mais o gosto desagradável que sentia. Percorreu os olhos pelo aposento e lá estava a origem do problema. Sentado ereto em uma poltrona, estava Benjamin, olhando fixamente Alice.

— Desculpe! Não quero machucá-la, mas tive de prendê-la, pois sei que não concordaria com minhas intenções. Por favor, não grite, ou terei de amordaçá-la.

Alice reconheceu que havia um sentimento bom em sua voz, contudo, não podia entender ou aprovar o que ele havia feito, sob quaisquer circunstâncias.

— O que você está fazendo, Ben? — sua voz saiu esganiçada, todavia compreensível. Benjamin fechou os olhos demonstrando sua dor. Parecia de certo modo arrependido.

— Espero que um dia me perdoe, porque só estou fazendo meu trabalho.

— Do que está falando, Benjamin? Você está me assustando!

— Tudo bem, você merece saber. Trabalho para o Governo, Alice. Há anos venho acompanhando os experimentos de Max, após várias suspeitas de que seu pai havia inventado uma técnica de regressão no tempo que mudaria o mundo. Fui treinado para mentir e fazer com que pudessem confiar em mim, e assim aguardar que Max pudesse expor todo o projeto. No fundo não acreditava muito nisso, ou não queria acreditar, pois não conseguia me ver traindo sua amizade e ter que passar por isso. Mas você precisa entender. Desde o começo fui orientado a chegar até este ponto, não pude fugir de meu destino.

Seu olhar nevoado não conseguia se fixar em Alice, e estava consumido pela vergonha.

— Eu sou apaixonado por você, Alice! Sempre fui. Você precisa me perdoar, porque esse foi o único jeito de atrair Max e fazê-lo expor tudo o que sabe ao Governo. Infelizmente não conseguimos sozinhos identificar as substâncias e medidas utilizadas na ativação do cetro, e foram várias as tentativas. Consegui amostras no cofre de seu irmão bem antes de viajarem ao passado. Foi inútil. Só Max possui o segredo. Durante o estágio de preparação de sua viagem para o passado, eu atualizava o Governo diariamente sobre todas as informações de datas e horários. Precisávamos ter certeza se funcionaria de verdade, e quando o plano passou a ser aguardar o retorno de vocês para abordar Max, entrei em pânico, pois você estaria junto. E se algo desse errado, Alice, qualquer negativa de Max em fornecer o que o Governo necessita, você poderia correr riscos. Eu não poderia permitir isto. Sugeri vir ao seu encontro para lhe sequestrar, e fazer com que Max colaborasse. Meu plano é mandá-lo de volta para o nosso tempo sozinho. Já o estarão aguardando no futuro. E irei com você dias depois, quando você já estará fora de perigo.

Alice não podia acreditar. O único amigo de Max, a única pessoa em quem confiavam estava ali revelando sua traição. Aquilo era insuportável de ouvir. Alice sentiu a tristeza transbordando em lágrimas. Não sentia raiva, mas mágoa. Benjamin não lhe olhava nos olhos, parecia que sofria com um paradoxo de interesses.

— Ben, se me ama de verdade como disse, acabe com isto. A amizade entre vocês tem que ser mais forte.

— Alice, eu amo você, acredite, mas não posso fazer o que pede. O trabalho é tudo o que sempre tive. Eu fiz uma promessa, e preciso cumprir com minha palavra. — Os olhos de Benjamin alcançaram os de Alice, e ela notou que seus sentimentos eram verdadeiros, e que estava sofrendo. Uma ideia lhe ocorreu. Ela poderia ser cruel, mas tinha que salvar a vida do irmão e o projeto do pai. Não importava que para isso pudesse correr o risco de sacrificar sua própria felicidade. Precisava planejar com mais afinco. Fechou os olhos sentindo uma lágrima deslizar por seu rosto.

— Não chore, por favor.

— E você espera que eu o ame sabendo que você irá prejudicar o meu irmão com esta história? Ele nunca contribuirá com o Governo. E se você acha que essas pessoas são perigosas a ponto de sentir medo por mim, significa que poderão matar meu irmão. Você quer ter este peso em seu coração, Benjamin? Vamos, responda, é assim que espera que eu o ame?

Benjamin a fitou com olhos esperançosos.

— Estaria disposta a me amar se não entregasse seu irmão?

Era a resposta mais dolorosa e mentirosa que poderia lhe dar. Mas assim tinha que ser.

— Sim, estaria. Sei que você é um homem bom. Não pode deixar se corromper com esta sujeira. Sairemos juntos daqui, desde que ajude Max.

Benjamin aproximou-se da cama de Alice sorrindo, mas claramente suas mãos trêmulas demonstravam o medo e a ansiedade que sentia. Ele sentou-se ao lado dela, deslizou suas mãos pelo rosto de Alice, enxugando o caminho da lágrima não contida.

— Max não aceitará. Ele ficará endemoninhado com isto tudo, e ainda assim, há uma equipe o aguardando no futuro. Não teremos muitas saídas, Alice. — Ele fez menção de beijá-la, mas Alice não conseguiu e virou o rosto.

— Preciso pensar. Dê-me algumas horas, e vamos dar um jeito. — Benjamin segurou o queixo de Alice e o virou para si. Ele a beijou. Segurança não era algo que esperasse sentir com aquele beijo, mas ela sentiu. Sentiu que Benjamin lhe transmitia todo seu amor, e que tentaria fazê-la feliz. Sentiu-se desejada, amada e segura. Mas quando pensava em seus sentimentos, só via amizade e uma necessidade de protegê-lo. Não era amor. Foi então que pensou em Richard. Ele era tudo o que ela precisava e o que queria. Ela interrompeu o beijo, não aguentando mais aquela mentira. Sentiu pena quando pensou no que iria fazer, mas ela tinha que ser firme. Ele lhe sorriu em retorno.

— Você me amará, eu prometo. Está tarde. Quer algo para comer? — Alice aquiesceu, e ele beijou sua face dizendo-lhe que voltaria logo.

Quando Benjamin saiu do quarto, Alice deu vazão aos planos que se instalavam em sua mente. Precisaria ser muito cautelosa e determinada em tudo o que fizesse. Logo Benjamin estava de volta ao quarto, trazendo sua refeição. Enquanto ela comia, expôs a ele o que pensara, e por glória aos céus, ele concordou com ela.

XIV

Alice estava muito cansada. Foram muitas as emoções pelas quais passou, e a angústia lhe borrou a mente fazendo com que caísse no sono. Benjamin desamarrou a corda sem que ela notasse e a deixou dormir. Carregou a cadeira para seu lado na cama, apreciando a vista da mulher que amava. Sabia que ela não o amava, mas tinha esperanças que um dia ela viesse a sentir o que ele sentia. Ele tinha seu carinho, e isso por enquanto lhe bastava. Sabia também que ela precisava de alguém ao seu lado, que era muito solitária e que não era feliz. Max um dia iria entender. O plano não era bem o que esperava, mas era suficiente, iria salvar a todos.

O dia estava clareando, e ele precisava pôr o plano em prática. Deixou Alice no quarto e desceu para procurar um garoto de recado. Em vinte minutos estava de volta. Esperaria que Max viesse a seu encontro no horário marcado para que Alice pudesse se despedir dele e lhe falar que deveria voltar sozinho para seu tempo. Ele deveria avançar no tempo e alterar o local de seu retorno ao futuro, para evitar a equipe que lhe aguardava. Teria trabalho em mudar sua identidade e se esconder talvez em outro país. Mas esta era a única solução. Enquanto isso, ele e Alice iriam para 01 de janeiro de 2050. Não sabia por que Alice havia escolhido este ano, mas confiava nela e também tinha curiosidade para saber como era o futuro além de seu tempo. Não importava, estando com ela, em qualquer lugar estaria feliz. Ele tinha uma ocupação e poderiam formar uma família.

Enquanto aguardava o horário marcado e Alice despertar, iria banhar-se, buscar uma refeição e tomar o café da manhã com ela. O primeiro café da manhã de muitos.

Passadas algumas horas, Benjamin decidiu acordá-la. Ela parecia exausta, mas precisavam seguir o plano. Contudo, antes que a acordasse ouviu que alguém batia à porta. *"Droga! Max nos achou antes do tempo"*. Olhou para Alice, mas esta parecia tão cansada que nem se mexeu. Ouviu novamente a batida na porta e que era da recepção, mas já sabia que era Max.

— Entre!

Ao abrir a porta, Benjamin notou que Max estava chocado com o que via. *"Não era para menos"*. Para sua surpresa, Max não estava sozinho. Antes que pudesse pensar no que fazer, Max já estava dentro do quarto.

— Seu desgraçado, o que você fez com ela?

Nesse momento, Alice despertou e sentou-se na beira da cama, tentando recobrar os sentidos. Sentiu uma dormência nos pulsos, ainda reflexo das cordas do dia anterior. Esfregou a mão esquerda no pulso direito, aliviando a dor. Só aí olhou em volta e fixou-se na cena mais dolorosa de se ver. Uma arma apontada para Max.

— Ben, por favor, não faça nada. Lembre-se do que conversamos.

Benjamin tomou a frente e ladrou seguindo o acordado com Alice:

— Max, você está correndo perigo. Vim avisá-los de que há uma equipe do Governo aguardando seu retorno. Tudo está em risco. Você sabe o quanto amo Alice, e vamos dar um jeito juntos. Nós vamos nos casar e mudar a rota para o futuro. — *"Casar? De onde surgiu isso?"* pensou Alice. — Se quiser pode vir conosco. — *"Opa! Isto não estava nos planos"*. Se assustou Alice. Então se empertigou.

— Não! — Benjamin a olhou surpreso. — Sei que não estava nos planos, mas sei que você também precisa dele, podemos fazer isso juntos, somos amigos.

— Ben, o Max precisa seguir a sua carreira e os projetos de papai em seu tempo. — Se desse algo errado seria com ela, pois não admitiria arriscar a vida de Max.

— Alice, o que está acontecendo aqui? Que planos são esses? — Atordoado, Max se virou para Benjamin: — E quanto a você, Benjamin, por que me aponta uma arma? — Max esbravejou.

— Max, mude sua data de retorno para o futuro. Vá para outro país e esconda-se. Eu estarei bem com Alice. — Max se voltou para a irmã, que lhe fitou e pôde entender que ela tentava transmitir algo com seu olhar. Ela tinha um plano, e era adverso ao que Max trilhava.

Ela então avançou até Max:

— Meu irmão querido, eu preciso ir — ela o abraçou e falou brevemente em seu ouvido, sem que Benjamin ou Alexander pudessem ouvi-la.

Alexander estava totalmente omisso ao que presenciava. Nunca tinha testemunhado tamanha loucura. Ficou em choque e sem palavras. Mas parecia que aquilo não estava certo. Mais chocado ficou quando Max abriu espaço para que Alice e o tal homem do futuro deixassem o quarto. Aquilo era pura loucura!

Para Richard, aquela era sua ruína. Quando enfim descobrira que amava loucamente uma mulher e que ela era a razão para o recomeço de sua vida, ele compreendeu que era tudo uma mentira. *"Como pude ser tão tolo? Está claro que ela ama aquele homem. Ela o acompanha por vontade própria".*

Nada fazia mais sentido para Richard. Ele permaneceu onde estava até que as vozes silenciaram. Mais alguns minutos, viu o casal de mãos dadas correndo para o estábulo. *"O que havia lá?".* Desceu vagarosamente bastante inquieto sem sentir que as calças raspavam nas pedras afiadas e disformes da parede, fazendo rasgos profundos no tecido. Correu e adentrou no estábulo, somente chegando a tempo de ver um grande clarão, um objeto estranho sumir misteriosamente, e seu cocheiro absolutamente enlouquecido apontando uma espécie de haste. Ali ele se deu conta de que tudo o que ouvira era verdade. Que bagunça estava a sua mente. Mas o que mais lhe pesava neste instante era a ausência e a perda de Alice. *"Ela não me ama".* Richard ouviu Alexander gritar seu nome, correndo em sua direção. Mas não queria ouvir ninguém. Montou em seu cavalo e deixou Alexander e Max surpresos ao abandoná-los ali.

— Céus! Ele se foi! — Alexander suspirou ofegante com a corrida até o estábulo. Olhou para Max aguardando explicações. Este tinha os olhos esbugalhados, acusando o medo que percorria sua alma.

— Ainda não consigo encaixar algumas coisas, mas ela me deu uma pista. Temo que Benjamin a tenha ameaçado de alguma forma. Quando ela me abraçou, me falou: *"01 de Janeiro de 2050, às 00:30h da madrugada. Me busque lá e não se atrase".*

— Ela não me pareceu coagida.

— Também não entendo, mas preciso que você me ajude. Preciso buscar minha irmã, e tem que ser agora. Vamos atrás da cápsula e trazê-la para cá.

XV

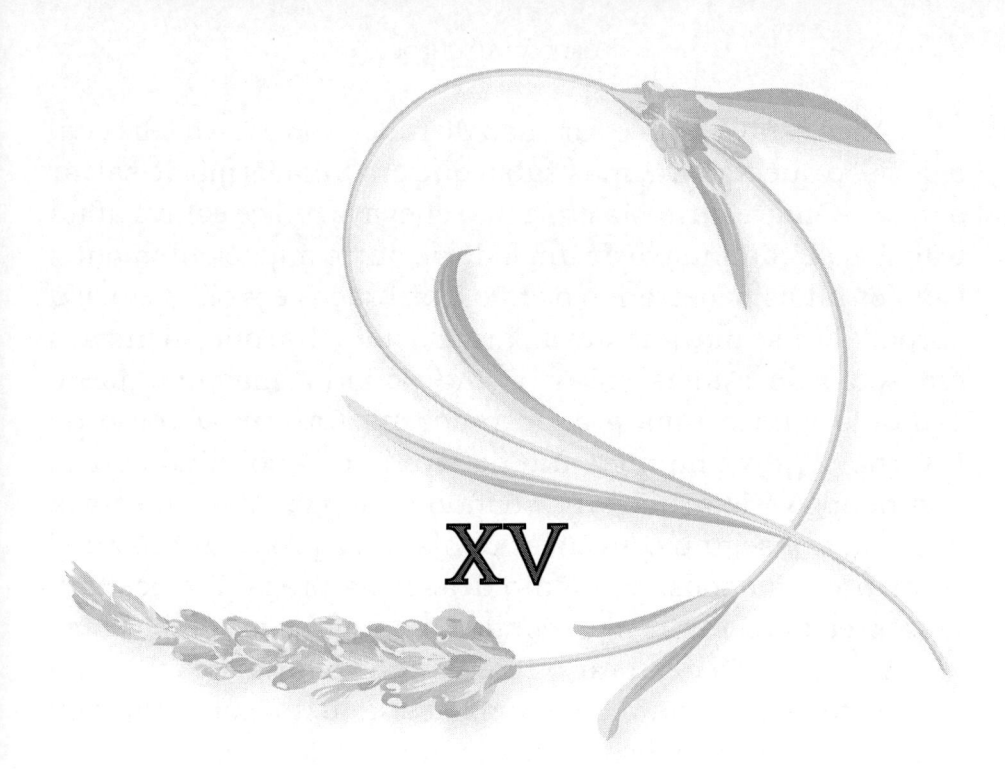

Caro amigo Ben,

Quando encontrar esta carta já estarei longe. Por favor, não entenda como vingança ou punição, simplesmente não posso ficar com você. Eu amo outro homem, e não seria justo com nenhum de nós. Você é um homem bom, e não poderia deixá-lo minar sua bondade e trair a confiança de Max. Sei que você também o ama como amigo, e não conseguiria suportar o futuro tendo traído seu melhor amigo. Sei que minha ideia foi arriscada e ousada, mas pensei que desta forma iria defender meu irmão. Desculpe-me por deixá-lo em uma época adversa à sua, mas creio que assim todos nós estaremos protegidos, inclusive você de si mesmo. Agora não será mais obrigado a dar satisfações ao Governo. Você irá encontrar alguém que lhe ame e lhe faça feliz. Obrigada por seu carinho, mas... me desculpe... me desculpe...

Alice Robinson.

Alice estava farta e cansada de tudo. Não estava feliz com a decisão que tomara, mas sabia que era uma forma de salvar a todos. Onde estava Max que não chegava? Alice estava aflita e ansiosa e caminhava de um lado ao outro impacientemente. Com os olhos penetrando o chão e os braços envoltos em seu corpo, Alice se movimentava para afastar o frio que adentrava em seu xale e suas saias. Como poderia imaginar que o estábulo viraria uma grande praça no futuro? O vento do inverno soprava na noite fria da virada de ano. Ainda ouvia alguns fogos de artifício ressoando ao longe. Mas ali estava deserto. Conseguiu convencer Benjamin a procurar um hotel pelas proximidades, enquanto ficasse na praça. Ele aceitou, pois precisava também esconder a câmara do tempo. Mas Max não poderia demorar ou Benjamin voltaria logo. Por um momento se deu conta de que não seria justo com Benjamin que ela sumisse sem se despedir. Apesar de tudo, sabia que ele tinha um bom coração. Rapidamente pegou o pequeno diário e o lápis que carregava consigo no bolso de seu vestido e escreveu um bilhete, que logo deixaria junto com o diário no banco da praça. Ele o encontraria ali.

Alice viu um clarão e sabia que era Max vindo buscá-la. Seus ombros afundaram de alívio quando ele saiu da máquina. Alice abraçou seu irmão com toda sua força quando ele saiu da câmara. Era como se dependesse de sua vida aquele abraço. E de certa forma dependia. Quando enterrou o rosto no ombro de seu irmão, não pôde mais suportar a pressão de todos os fatos ocorridos nos últimos dias. Então chorou. Deixou seus sentimentos transbordarem.

— Graças a Deus!

— Que loucura, Alice! O que houve?

— Precisamos ir.

— Precisaremos de ajuda para voltar. Na vinda, Alexander me ajudou, precisaremos encontrar alguém para ajudar com o cetro.

— Droga! Não pensei nisso, me desculpe!

— No que estava pensando? Por que fez isso?

— Confesso que vejo agora que não foi uma ideia muito inteligente. Mas pensei com o coração. Não queria vê-los machucados.

— Algo poderia ter dado errado. Vou acabar com o Benjamin.

— Por favor, não faça isso! Vamos seguir com meu plano. Depois explico meus motivos.

— De que forma? Agora precisamos de alguém, e o lugar está deserto.

Neste momento alguém pigarreou ao lado. Os dois se sobressaltaram com um homem de meia-idade.

— Meus caros amigos do passado, eu os ajudarei.

— Quem é você?

— Não há tempo para perguntas.

O homem possuía em sua mão um cetro mais moderno. Ele pegou o cetro antigo das mãos de Max e lhe entregou o moderno e ordenou que voltassem ao século XIX, explicando-lhe que para as próximas viagens de tempo não precisaria mais de outra pessoa auxiliando. Disse ainda que a nova tecnologia empregada naquele cetro lhe permitia fazer a viagem sozinho.

Quando estavam instalados na câmara, Max se deu conta de que somente uma pessoa poderia ter dado continuação aos projetos no futuro. Ele mesmo. Mas antes que pudesse tomar qualquer ação, o botão do cetro antigo já havia sido pressionado, e os irmãos já estavam de volta a 1845, no estábulo, visualizando Alexander com o rosto aterrorizado.

— Max! Deus! Quem era aquele homem?

— Alice, era eu mesmo. — Alice fitou Max com expressão abobalhada. — Não entendi por que nos mandou de volta a 1845, mas fiquei feliz, tenho algo a fazer aqui.

Max cerrou os olhos em expressão de dor.

— Sabia que não me livraria disto.

— Do que está falando?

— Vamos embora, temos muito o que falar.

Alexander tinha os olhos arregalados em sintonia com tudo o que ocorria. Aquilo tudo era demais para entender. Max acabara de sair sozinho e menos de um minuto depois retornara com Alice. Todavia, sem tempo para questionar sua sanidade, Alexander postou-se ao lado da câmara do tempo, quando Max pressionou a alavanca que desprendia o encaixe da porta e por fim esta se abriu liberando finas partículas de poeira, revelando as duas pessoas mais bizarras que já vira na vida. Nunca se sentira tão atordoado, mas ao mesmo tempo aliviado. Parecia que sua vida dependia daquele momento. Estaria ele se afeiçoando àquelas pessoas? Resolveu guardar essa sensação para outro momento, então, ajudou Alice a descer daquele caixote sem saber exatamente por quais perguntas começar. Através do olhar de Alexander, Max pareceu entender que lhe devia algumas explicações.

Enquanto Max discorria sobre o que acabara de ocorrer em outro tempo, Alice não pôde conter-se de ansiedade. Precisava de Richard. O que estaria pensando ele sobre o que ocorreu? Sem raciocinar, seguindo as fortes pulsações de seu coração, escolheu o que achava ser o cavalo mais manso do estábulo, e saiu em disparada para a propriedade de Richard. Sem olhar para trás, deixou o estábulo, passou pelo vilarejo, e notou que se aquele era o cavalo mais manso, certamente não estaria pronta ainda para cavalgar sozinha. O medo atravessou seu corpo, aumentando a potência de seus batimentos cardíacos, mas foi se desvanecendo quando pouco a pouco ia aproximando-se das terras dos Harrisons. Já conseguia sentir o aroma da lavanda impregnado no ar. O vento forte da corrida lhe despenteou o cabelo, e sentiu que suas pesadas mechas desprendiam-se dos grampos, abrindo uma cascata de cachos rebeldes libertados ao ar livre. Nem pensaria preocupar-se com o recato no momento. Só precisava de Richard.

Desviando do caminho que daria na casa principal, Alice se aventurou por entre a plantação de lavandas, sentindo em seu coração que ali o encontraria. E de longe o avistou. Ele estava sentado, mas ela só via suas costas. Sua posição era curvada e sua cabeça pendia para baixo. Sua postura em nada se parecia com o aristocrático e poderoso Sir Richard Harrison. Os olhos de Alice não desviaram dele. O medo voltou a assolar-se enquanto se aproximava. O que estaria pensando ele? O pavor apoderou-se de seu corpo, e recolheu as rédeas com muita força, assustando seu cavalo que parou de cavalgar e empinou o tronco para trás. Alice não teve forças de segurar-se, seu corpo flutuou até sentir o baque forte na lateral de seu corpo contra o chão.

Richard nunca sentira tanta dor quanto no momento em que viu Alice de mãos dadas com aquele estranho. Era impossível não comparar suas dores do passado com a que sentia agora. Estava destroçado e aniquilado. O que quer que tenha acontecido nos últimos meses, acabou. Sua paz ora reencontrada, e seu amor pela vida foram passageiros. Tudo se esvaiu no momento em que Alice o abandonara. Não sentia raiva por ela. Sentia raiva por si mesmo. Como pôde acreditar que poderia um dia ser feliz novamente? Sentou-se na grama verde e levantou o cenho para vislumbrar o lavandário. Lembrou-se do dia em que Alice lhe falara sobre aquela visão, enxergando coisas além do que ele conseguia de fato ver. Baixou o cenho e sentiu a garganta fechar. Nunca havia chorado, mas a ardência nos olhos revelou que essa seria sua primeira vez. Levou as mãos ao rosto e apoiou seus cotovelos nos joelhos. Não ouviu nenhum som ou nenhuma presença, até que seu cavalo relinchou, avisando-o de que algo acontecera. Quando virou a face, lá estava ela. Caindo vagarosamente do cavalo empinado. Neste instante imaginou que os segundos se prolongaram, pois pôde notar cada minúcia antes que Alice caísse ao chão. O tempo lhe parecia agora assustadoramente estranho. Primeiro acreditar que viagens do tempo existiam, segundo que acabou de sentir o tempo parando, e agora não saber como aconteceu, mas já estava ao lado de Alice ajoelhado apalpando-a e procurando algum sinal de que estivesse machucada. Quando o choque passou, fitou seu rosto. Ela o olhava fixamente, com um sorriso tímido. Não chorava ou demonstrava sinais de dor, apenas o olhava e sorria.

— Sir Harrison, gosto da forma como está me tocando. — Alice sorriu maliciosamente.

Richard não suportou a enxurrada de emoções. Tomou-a em seus braços e a abraçou pesadamente.

Alice, que transbordava de pavor, relaxou no momento em que viu Richard ao seu lado. Aquele era o homem que amava. A grama estava alta e amorteceu sua queda. E ao vê-lo ao seu lado, sentiu seu corpo estremecer de prazer e amor. Sim, amor. Ela o amava. Enquanto ele a abraçava, Alice só queria sentir seu corpo contra o dele. Não queria dar explicações agora, não queria conversa, só queria senti-lo. Só o queria para si. Por inteiro. Com mãos ágeis, desvencilhou-se do abraço e arrancou o colete habilmente, despertando o olhar de dúvida de Richard.

— Meu amor, está machucada? Sente-se bem?

— Preciso de você! AGORA!!! — Os olhos de Richard escureceram imediatamente. Ele se pôs em ação desamarrando fitas, laços e fios da roupa e espartilho de Alice. Em segundos sentiu que a relva fazia cócegas em suas costas, e a leve brisa percorreu seu corpo alcançando seus seios, intumescendo-os de imediato.

— Meu amor, preciso de você.

Ele abriu a calça e penetrou-a deliciosa e suavemente. O centro de Alice já estava úmido à sua espera, fazendo com que o membro de Richard deslizasse tentadoramente, arrancando suspiros e gemidos de prazer. Ela chegou ao paraíso em poucos minutos, depois aproveitou a sensação de ter Richard sobre si. Ali estavam eles, corpos colados, amando-se.

Richard levantou os olhos e a fitou, ainda ofegante, com um sorriso nos lábios.

— Achei que a tinha perdido. Morri mil vezes quando vi você caindo do cavalo, e também quando a vi me abandonar com aquele homem — pareceu que ao falar estas últimas palavras, Richard deu por si, e retesou o corpo franzindo o cenho. Alice segurou seu pulso, impedindo-o de levantar-se, e com a outra mão acariciou seu rosto.

— Não sei de que forma interpretou o que viu, mas vou explicar-lhe. Antes preciso dizer algo mais importante.

Richard relaxou novamente com as carícias de Alice. E ali, deitados na relva, com o calor do sol acariciando sua pele e o aroma floral de lavandas, ela exprimiu seu sentimento:

— Eu amo você! — Ele sorriu e levantou os olhos aos céus, e Alice soube que era o que ele esperava ouvir.

— Eu também a amo. E se não ficou claro o que pretendia, você será minha esposa. — Então ele a beijou da forma mais suave e delicada, expressando toda sua felicidade e amor.

— Esta não é a forma mais romântica de pedir alguém em casamento. E o que diz de sua aversão ao matrimônio? — Alice zombeteiramente falou enquanto Richard puxava as amarras de suas vestes.

— Perdoe-me. Não pude conter-me. — Ela sentiu o sorriso dele sobre sua nuca, enquanto com as mãos ele afastava as pesadas mechas de seus cabelos para o lado. — Seu cabelo é lindo. — Alice sorriu e sentiu que Richard já estava pronto para ela novamente. Mas antes que pudesse perder-se em seus braços mais uma vez, precisava deixar as coisas bem alinhadas. Ainda não tinha falado com Max. Devia muito a ele, e não poderia tomar uma decisão dessa magnitude sem sua bênção.

— Posso pensar? — Richard endureceu o cenho imediatamente, e Alice não soube se de raiva ou tensão.

— Acabou de dizer que me amava. Pode estar carregando um filho meu agora. O que está a pensar?

Alice levantou-se deixando Richard ainda sentado ao chão. Sentiu a brisa acariciar seu rosto, fechou os olhos respirando fundo.

— Sei o que devo fazer. Sei o que vou fazer. Mas antes precisamos conversar. Vamos esclarecer o que houve, e também preciso falar com meu irmão. Devo minha vinda para cá a ele. Por favor, tenha paciência.

Alice sentiu Richard levantando-se e postando-se ao seu lado.

— Certamente. Tem todo o tempo que precisar. Mas não vou permitir que se afaste de mim nunca mais. — Ele a abraçou por trás, enterrando o rosto na lateral do pescoço de Alice, inspirando o aroma que ela lhe proporcionava.

Voltaram caminhando para a casa principal, rodeados por seus cavalos, enquanto Alice lhe contava sobre sua vida, sobre o seu tempo, e sobre tudo o que havia conquistado. Richard prestou atenção em todas as minúcias declaradas por ela, e esta se surpreendeu quando notou que as perguntas que Richard lhe fazia sobre o futuro eram todas relacionadas e ela, e não às mudanças do mundo, à tecnologia, medicina, educação etc. Sentiu o orgulho nos olhos dele quando lhe falou sobre as próprias conquistas e os desafios superados.

Quando chegaram à casa, notaram que havia um alvoroço grande à sua frente, que logo se esvaiu quando os empregados espalhavam a notícia de que Alice e Richard haviam retornado. Logo apareceu na porta de entrada Max, que desceu as escadas rapidamente ao encontro de sua irmã, seguido de Olivia e Alexander, que se mantiveram no topo da escada.

Max estava furioso, mas antes que pudesse expressar sua raiva, Alice o abraçou e pediu desculpas por ter sumido daquela forma, e que estava bem. Visivelmente, ele relaxou os ombros e passou os braços sobre ela, aliviado de que estava tudo bem. Minutos depois os irmãos estavam na biblioteca para o que seria a conversa mais difícil de suas vidas.

— Passamos por uma aventura perigosa. Sabe que precisamos voltar.

— Preciso ficar aqui.

— Alice, você está atordoada. Não pode estar falado sério que está pensando na possibilidade de abandonar tudo o que você construiu.

— Não só estou pensando, como já tomei minha decisão, meu querido irmão. Sei que pode ser difícil para você entender, mas sinto que aqui é meu lugar. Meu coração está aos pedaços em pensar que ficarei longe de você, mas sinto que aqui é onde devo ficar. É aqui que está minha felicidade. Você sabe que nunca fui feliz em nosso tempo. Richard me pediu em casamento.

— Isto é loucura, Alice!

— Eu ainda não dei a resposta.

— Isso significa que ainda tem dúvidas. Vamos embora daqui.

— Não, Max, significa que quero e preciso de sua bênção. Você é minha única família.

Max cruzou o aposento a caminho da janela. Passou uma das mãos pelos cabelos, enquanto a outra tinha o punho cerrado, deixando os dedos brancos com a pressão. Ficaram quietos por alguns minutos até que Max cortou o silêncio.

— Antes de papai morrer, em meus braços, de certa forma, ele me disse que isso aconteceria. — Alice se surpreendeu e deu um passo à frente, em expectativa. — Nos poucos minutos que lhe restavam ele suplicou que eu a trouxesse para cá e fez eu repetir o ano de 1845. Falou de nossa dívida com os Harrisons, mas por fim frisou que você deveria vir junto. Achei tudo aquilo absurdo, e cheguei a pensar que algo de mal havia lhe passado com a cabeça devido ao acidente, mas ele me fez repetir e prometer que o faria. Não sabia como ou por que ele dissera isso. Mas agora eu sei que ele estava certo, porque eu agi da mesma forma no futuro, trazendo-a de volta para cá.

Não sei como explicar. A viagem ao passado e ao futuro ainda é algo que eu preciso entender mais a fundo. Não sei por quais lugares papai andou, mas de alguma forma ele conseguiu ver você aqui. — Max virou o rosto para Alice, que tinha os olhos cheios de lágrimas. Ele abriu os braços e ela correu para seu abraço, derramando as lágrimas com toda sua emoção. — Eu dou minha bênção, minha irmã. Eu amo você e quero vê-la feliz. Nem que para isso eu não a tenha perto de mim. Virei visitá-la um dia para conhecer meus sobrinhos. — Ele sorriu com o rosto enterrado em seus cabelos, e revelou suas emoções com o soluço que lhe saltou da garganta.

XVI

Richard deixou Alice afastar-se com seu irmão até a biblioteca, mas não antes de movê-la contra seu corpo em um abraço terno, arrancando expressões alarmadas de todos à sua volta com a falta de decoro, que logo foram dissolvidas por manifestações de interesse e alívio.

Assim que Alice e Max entraram na casa, Richard montou em seu cavalo e com um toque em seu chapéu, aquiesceu para Alexander e Olivia, saindo a todo galope em sentido ao vilarejo, deixando um véu de poeira por onde passava.

Alexander e Olivia se entreolharam.

— Creio que já aguentei demais todo esse suspense. — Alexander deu-lhe um sorriso enviesado.

— Certamente você merece algumas explicações. Estou pronto para compartilhá-las com você. — Os dois encaminharam-se aos seus aposentos e por ali ficaram por algumas horas.

Max saiu da biblioteca em busca de sossego. Sabia que precisaria pensar em seu retorno e no que faria dali adiante. Sua vida também mudaria completamente, e ele seria obrigado e refazê-la. Mas antes precisava de algumas horas de sono e então se dirigiu a seus aposentos.

Alice precisava de um banho e seguiu até seus aposentos. Refrescou-se e vestiu-se com um vestido de dia amarelo claro. Após fazer uma trança em seu cabelo, saiu do quarto em busca de Richard, mas sem sucesso. Quando a governanta a informou de que ele havia saído, Alice decidiu aguardá-lo sentada no topo da escada de entrada do grande casarão. Passou os olhos ao redor e só então notou o esplendor e grandiosidade que tinha aquela propriedade. Grandes colunas brancas triunfavam em aproximadamente oito metros de altura. Sentiu-se muito pequena em meio a toda glória imposta ali. Do lado de fora pinheiros enfileirados simetricamente formavam um caminho comprido até perder de vista, rodeados por lavandas que davam cor à paisagem predominantemente verde. Eles balançavam com a leve brisa, sincronizados em perfeita harmonia. Ali seria sua morada. Nunca havia sentido tamanha paz e felicidade. O céu estava claro, de um azul límpido. Pássaros voavam em bandos, tornando a paisagem ainda mais limpa e vigorosa. Alice avistou de longe um cavaleiro aproximando-se. Elevou a mão à testa, simulando uma viseira, e teve certeza de que era Richard. Levantou-se sobressaltada, e desceu as escadas, esperando no penúltimo degrau. Os minutos seguintes foram uma tortura, até que Richard chegasse ao pé da escada. Alice sorriu com lágrimas nos olhos, enquanto ele descia do cavalo. Ele aproximou-se ainda mais, e ajoelhou-se perante ela, presenteando-a com uma caixinha pequena forrada em tecido azul. Alice sentiu que uma lágrima lhe descia o rosto e sorriu em expectativa.

— Alice, você me mostrou que apesar de toda maldade que existe no mundo, a beleza da vida só é vista se estivermos dispostos a vê-la. A minha vida não tinha sentido algum antes de tê-la em meus braços. A mim não importa que sejamos de tempos distintos, o que importa é que não permitirei que ele nos afaste novamente. Eu amo você! E só serei feliz ao seu lado. Vou com você para onde quer que seja. Desde que estejamos juntos, está tudo bem. Diga-me agora, senhorita Alice Robinson, aceita casar-se comigo?

O coração de Alice pulsava com tanta força, que sentiu as marteladas lhe percorrerem o corpo. Os olhos de Richard estavam tão límpidos e profundos, que Alice soube que o que ele sentia era amor.

— Sim, aceito! — Ele sorriu em resposta e levantou-se, surpreendendo-a quando ela já estava em seus braços.

— Vou pedir que arrumem nossas coisas. Quando seu irmão pretende voltar ao futuro?

— Richard, você faria isso por mim? Deixaria o seu mundo para ficar comigo em um lugar desconhecido e avesso aos seus costumes? — Ele pareceu não entender a pergunta. Era tão óbvia sua resposta.

— Claro, qualquer coisa que a faça feliz. Você tem sucesso no seu mundo, e certamente deve ser feliz em seu tempo. Não sei ainda o que farei, mas encontrarei algo, prometo.

— Oh, meu amor! — Alice voltou a abraçá-lo. — Nunca fui feliz em meu tempo. É aqui que sou feliz. Aqui, ao seu lado, neste tempo. Ademais, nunca permitiria que você desviasse o seu caminho daqui. Você tem obrigações e deveres com seu povo. Eles precisam de você. E com minhas habilidades futurísticas — Alice sorriu —, eu também poderei ajudá-lo com os arrendatários e com a administração da propriedade. Sou escritora, e posso manter minha ocupação também.

Richard a beijou ali mesmo, em frente à sua casa. Passou os dedos pelo rosto de Alice, enxugando suas lágrimas, até que suas carícias a atingiram no centro do seu ser. O beijo foi intensificado quando ela roçou as mãos pela nuca de Richard, dedilhando suas mechas de cabelo, sentindo-o arrepiar com o toque. Ele se desvencilhou e sorriu.

— Se não parar agora, vou tê-la no meio desta escada.

Alice pareceu pensar no caso.

— Acho que não seria má ideia.

Richard gargalhou.

— Senhora Harrison, precisa zelar pelo nome da família.

— Ainda não sou sua senhora, sir Harrison!

— Resolveremos este problema agora. Acabei de comprar uma licença especial, suba em meu cavalo.

— O quê? — Alice questionou e notou que Richard falava sério.

— Quero-a em minha cama hoje, como minha mulher.

— Richard!

— Adoro ouvir meu nome saindo da sua boca. — Ele a estreitou novamente contra si. — Ainda estou pensando em tê-la aqui na escada.

— Richard!

— Vamos?

Ora, o que tinha a perder? Notou que Richard já estava montado em seu cavalo e lhe oferecia a mão. Alice olhou para os lados e depois para o céu. Sentiu em seu coração que já havia recebido orientação divina. Esticou seu braço até ver sua mão tocando a dele. Ele assentiu e a puxou contra si. Cavalgaram sem parar até a paróquia de Bibury.

— Se tinha intenção de ir comigo ao futuro, por que comprou uma licença especial?

— Você tinha que ser minha em meu mundo. Falei sério quando disse que a seguiria.

— Quem sabe um dia possamos visitar o futuro!

— Sim, quem sabe!

— Eu o amo, Richard!

— Eu a amo, Alice!

Epílogo

— Alice, acha que Katerine já está preparada para Londres?
— Olivia, estou angustiada porque ela é tão inocente ainda! Sei que está preparada para as regras de etiqueta. Dentre todos, ela é a que tem o comportamento mais disciplinado e exemplar. Talvez até por isso eu venha a me preocupar. Falta-lhe malícia. Ela é demasiado inocente para o que sabemos que enfrentará em Londres em sua primeira temporada. Mas já tentei argumentar com Richard. Ele queria que sua primeira temporada fosse ano passado, já consegui postergar em um ano. Dou-me por vencida desta vez. Ela já tem vinte anos. Suas irmãs já passaram por isso. Mas confesso que com Katerine tenho minhas preocupações. — Alice olhou para fora da carruagem resgatando da memória a concepção de seus filhos. Primeiro Max, depois Anita, Joanne, Jack e quando menos esperava, veio Katerine. Ela sorriu com as lembranças de surpresa e contentamento de Richard.

— Agora que Colin casou-se, Alexander quer mantê-lo por perto. Ele pretende transferir suas obrigações a ele. Alexander quer fazer uma viagem a sós comigo. — Olivia enrubesceu. Não adiantava que as duas fossem amigas e compartilhassem certas intimidades, estava na essência de Olivia ser discreta e manter o recato. Alice sorriu em concordância. Lembrou-se do quanto Olivia, com um filho somente, insistiu que o mesmo se casasse e constituísse família.

— Faz bem, Olivia. Confesso que depois que casarmos Katerine, também vou pedir uma dessas viagens a Richard. E claro, no intervalo de uma das gravidezes de Anita e Joanne.

As duas gargalharam em sintonia e desceram da carruagem quando esta parou em frente à biblioteca do vilarejo. Alice sentia muito orgulho da biblioteca criada por ela, com os recursos da família, para oferecer oportunidades de leitura a todos do vilarejo. Em parceria com a escola, Alice e Olivia atuavam ativamente na educação das crianças da vila.

Não muito distante dali, Richard dava ordens aos criados, finalizando os preparativos para passar uma temporada em Londres. Pensou em Alice, e em como até hoje ela fazia seu coração pulsar acelerado. Sentiu que seu corpo respondeu às lembranças da noite anterior. Seguiu em direção à casa à sua procura. Quando não a encontrou, decidiu cavalgar. Cruzou a plantação de lavanda até chegar ao seu lugar habitual. Lá pensou nos anos que se passaram após seu casamento com Alice, e naquele momento agradeceu a Deus por ser o homem mais feliz do mundo.

Dias depois, em Londres, Alice e Richard desfilavam com Katerine pelos bailes da temporada. Katerine sem dúvida estava se saindo bem, conquistando a atenção de vários cavalheiros. Após o baile de Lady Montmart, Katerine mostrou-se mais vigorosa e agitada. Alice sabia que algo havia acontecido, ou que Katerine conhecera alguém que tivesse lhe despertado atenção. Neste baile, Katerine foi acompanhada de Anita, deixando Alice bastante curiosa e sobressaltada.

Enquanto tomavam o chá, Alice não conteve a ansiedade.

— Katerine, como foi o baile? — Sua filha pareceu hesitar por um momento, mas o paradoxo que se instalou foi desvanecido com a necessidade de Katerine em compartilhar seus sentimentos.

— Ah, mamãe. Estou apaixonada! — Alice se surpreendeu de tal forma que sentou pesadamente na poltrona disposta na sala de música, após servir o chá.

— Meu Deus, Katerine, como isto aconteceu? Quem é o cavalheiro?

Katerine suspirou.

— Nós valsamos. Ele é diferente dos outros. Ele foi gentil, amável e... — Katerine enrusbeceu.

— O quê, Katerine?

— Por favor, não me critique. É sempre tão moderna, então vou arriscar em lhe contar.

— Ele a beijou?

— Sim, mamãe. E foi tão romântico. Estou apaixonada! — Katerine sorriu e aproximou-se de Alice para lhe requerer um abraço.

Alice sorriu e abriu os braços para aceitá-la no colo.

— Minha menina. Não seja tão ansiosa. Não precisa ter pressa em casar-se. Sabe que considero os estudos importantes, mesmo você sendo uma mulher.

— Mas papai parece querer que me case logo.

Alice sorriu.

— Entendo, mas você precisa ter certeza antes de tomar qualquer decisão. Quem é ele? De que família vem? Sabe que essas informações são importantes para o seu pai.

Katerine a fitou com ingenuidade.

— Não conversamos sobre a família dele, mamãe. Seu nome é Benjamin Clark.

Série Amor além dos tempos

Livro 2

Katerine era ingênua e sonhadora. Conhecedora de todas as regras de etiqueta, recebera a melhor educação que uma jovem dama do século XIX poderia dispor. Viveu a vida rodeada de amor, e seu único sonho era formar uma família como a sua, ter um marido que a amasse e filhos para alegrar sua vida. Quando conhece Benjamin Clark, ela deduz que encontra o que procura.

Benjamin só tinha um objetivo: vingança. Inicia um plano sórdido usando Katerine para conquistar o que almeja, entretanto, é surpreendido quando descobre que a necessita e se vê em um paradoxo de emoções. Será que é muito tarde para um recomeço? Será que Katerine irá perdoá-lo e abrir seu coração novamente?

O segundo livro da série "Amor além dos tempos"questiona o que na vida deve prevalecer: o ódio e a vingança, ou o amor e o perdão, em uma história envolvente e repleta de sedução.

Agradecimentos

A Deus por ter me guiado pelos caminhos da vida, e pelas pessoas que fazem parte dela. Sem estas, não seria nada.

Aos meus pais e meu irmão, por me ensinarem o que é o amor e por serem responsáveis por tudo o que conquistei através do estudo.

Ao meu querido marido e companheiro, por seu amor, dedicação, incentivo, e por acreditar mais em mim do que eu mesma. Também por ouvir minhas ideias e ser meu primeiro leitor.

Ao meu amado filho, por ser o sentido da minha vida, e por despertar em mim tudo o que há de melhor.

À minha avó, que em conversas sobre sua juventude, inconscientemente despertou em mim a vontade de escrever sobre romance de época.

E por fim, toda a minha gratidão à equipe da Pandorga, que com muito carinho, profissionalismo e dedicação, proporcionou a mim a realização de um sonho.

**INFORMAÇÕES SOBRE NOSSAS PUBLICAÇÕES
E ÚLTIMOS LANÇAMENTOS**

editorapandorga.com.br
/editorapandorga
pandorgaeditora
editorapandorga